U0931103

关于这个世界 你不快乐什么

十　二
张佳玮　等　著

Wuhan University Press
武汉大学出版社

目录

第一章

关于这个世界你不快乐什么，

我发现我不快乐很久了，彻底不快乐的那种。
理论上，我应该快乐，可是我真的不快乐。
我想唱歌，可是不记得一句歌词，唱难听了，自己还先脸红了。
我想跳舞，可是刚跳上几步《江南 style》，就又想起了我们江南的那个姑娘。
我想出去转转，可是该死的北国天气让我在寒风中哆嗦，将我的皮肤吸干得像木乃伊。

第二章

在爱的世界里，我常常觉得，我们可以爱这个人，也可以爱那个人，我们用各种各样的爱来填塞我们的精神世界及物质世界。但是无论我们爱谁，其实我们最爱的人是我们自己。

因为害怕被遗忘，害怕自己没有归属感，所以我们拼命去抓住一个人，其实抓住的是自己的渴望。因为我们太爱我们自己，不舍得自己难过，不舍得自己哭泣，我们保护自己，用爱的名义去爱别人，为的是这份爱能够得到回报，而这个回报才是自己最想要的，一旦得不到，就会对这段关系失望，也许不是对方的错，而是自己要得太多。那些温情的笑容、关切的眼神、掏心窝子的话语，我们需要从这些中得到肯定自己的价值。死命肯定自己的过程，也是爱自己的一种方式。

第三章

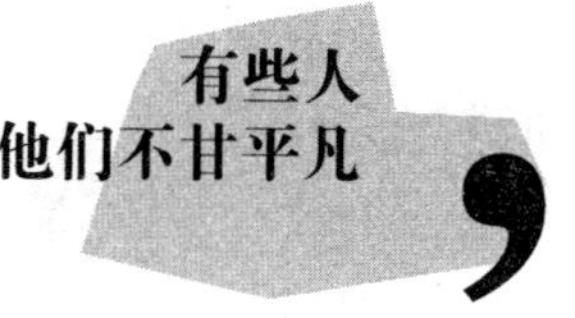

没钱的时候，我们说，等有钱了我们就上路。有钱了我们又说，等有时间了就上路。有钱又有时间了，我们又说，放不下现在的工作、家人，怕失业，怕疏远，怕返归时的艰难。没钱没时间了，我们又开始抱怨。周而复始，慢慢地，我们变成了一个读不懂自己的人。

第四章

有些人 他们不知道想要什么

更多时候，提问的人其实并非想要得到什么答案，他们只不过希望从另一个人那里、另一本书中印证自己内心的想法。而大多数时候我们若真的感到迷失，也并非源于我们不知道自己该做什么，而是因为我们不知道自己想要什么。

目录

第五章

其实 我们可以不是有些人

每个优秀的人都有一段沉默的时光。那一段时光是付出了很多努力，忍受孤独和寂寞，不抱怨不诉苦，日后说起时，连自己都能被感动的日子。

chapter 1

第一章

关于这个世界你不快乐什么

我发现我不快乐很久了，彻底不快乐的那种。

理论上，我应该快乐，可是我真的不快乐。

我想唱歌，可是不记得一句歌词，唱难听了，自己还先脸红了。

我想跳舞，可是刚跳上几步《江南 style》，就又想起了我们江南的那个姑娘。

我想出去转转，可是该死的北国天气让我在寒风中哆嗦，将我的皮肤吸干得像木乃伊。

01 有些人，他们不快乐

他们宅在家里：饮食不规律，或暴食，或绝粒；昼夜颠倒，晚上睡不着，白天睡不醒；情绪低落，自我贬抑，对很多事失去兴趣；喜欢泡在网上；很少和朋友联络；习惯把事情拖到最后一刻；对生活看不到意义，也看不到未来。

他们的亲友很着急，但却完全不知道该怎么帮他们。因为他们的困境在别人看来完全是他们自己的有意为之——明明只需要一点点意志力，事情就可能完全改观。他们为什么宁肯睡在垃圾堆上，也不愿意起身打扫房间？他们说需要帮助，但为什么不论别人的劝慰多么苦口婆心，言辞多么恳切，似乎都不能撼动他们分毫？他们安静地听着，却显然根本没打算听从任何建议。这种充耳不闻的态度，实在让人着急，不是吗？

对于那些关切或指责，他们常常保持沉默。如果能够推心置腹，他们会说，他们已经感觉不堪重负了，对于这种状态，他们真的无能为力，也许只有某种强大的外力才能指引他们逃离困境。这些说辞，可能会让人很恼怒。为什么他们自己不能振作一点儿，而是要放任情绪控制他们的生活，或者把期待完全寄托在别人身上？

他们很想振作起来。你不知道他们的愿望有多强烈，强烈到有时他们觉得自己几乎要“五内俱焚”。可是他们真的做不到。他们好像被卡住了，无法拿出足够的力量做任何事。就像中国神话里的捆仙索，一旦缚住，手脚俱在，意识清醒，但却不能动弹，也无法挣脱。

如果对他们说：出去散散心吧，一切都会好的。多做运动，晒晒太阳，坚持住，加油！……他们的回应常常是沉默以对，或者笑笑不再说什么。他们明白你说得都对，只是，越是向他们呼吁，他们就越是感到，单纯有意愿还是做不成什么。奇怪吗？这其实是抑郁症的一个重要特征：不能为所欲为。

他们病了。

“抑郁症”这个词现在常常出现在媒体上，所以人们差不多都认同有抑郁症这回事。但如果自己身边有人声称罹患抑郁症，那么多半是不容易接受的。原因很简单，他们的言谈举止明明和常人无异，怎么就病了呢？而且，就算是病了，能有多严重，不就是情绪不高吗？

这样的想法，也是使抑郁症患者和周围人的交流减少的一个重要原因：他们没有可以展现、可以获得同情的伤口，也没有触目惊心的医学图像，甚至没有高热的体温和疼痛的反应。他们看起来如此正常，所以，尽管他们其实是在荒原上日复一日地跋涉，但是因为没有人看得到，所以没有人相信，他们其实

已经撑不下去了。

一方面，他们很想让自己满足人们的期待，可是他们发觉自己做不到。这让他们在面对那些善意的关怀时，备感压力和内疚。所以他们试图减少社会交往，以躲避关切。另一方面，因为抑郁会让一些个性被放大而表现极端，当他们屡屡显得意志消沉，对生活过多地抱怨，对情感有过分需求和依赖，以及对人际关系过度敏感时，很有可能会让最初曾给予他们支持的人感到厌烦，并开始回避他们。而他们会很快察觉到变化，于是社会支持的正向强化被中断。双方作用力的结果是，他们以更强劲的方式重新坠入黑暗之中。

他们在生活中总会面临一些没有解决的冲突，或者没能满足的要求，或者无法忍受的负担。这些情绪、挫折以及对生活失去控制的感觉会让人觉得很糟。因此，悲伤、无助、空虚、绝望、焦虑、愤怒和自我期许的种种情绪在内心不断地交战。大部分时候，它们能够被隐忍，被宣泄，被逃避。但也有时候，就算努力克制，负面情绪仍会不断积聚能量，左右奔突，就像奔流的“火之溪流”，寻找最近的豁口。而此时，最不危险的路径就是——把冲突转向内在。

在睡眠不佳、暴食厌食、沉湎于幻想、依赖酒精、冲动购物、宅在家里、上网消磨时光等自我损害的行为下，其实他们是在逃避现实压力。面对那些无法化解的压力和紧张，闭上眼睛会不会好一点儿？不听，不看，假装一切不过是场噩梦。睁开眼睛的时候，应该会好一点儿吧？至于那些不喜欢的事，推到明天做吧，也许有一天，一切会自行好转。今朝有酒今朝醉，闭上眼睛，就没有悬崖。

就这样，他们远远地避开让他们不喜欢、不习惯的人和事，躲藏到他们可以完全掌控的世界，自发成为家的囚徒，生活简化到只剩下最基本的需求。在这个简单的、熟悉的尺幅天地，他们可以像母亲怀中的婴儿般舒服、安全。不过在他们心里，却始终有个声音在提醒他们对麻木的生活状态的厌弃，对未来无能为力的焦虑，以及对自己深深的失望和自责。

因为逃避，该做的事越积越多，而堆积如山的责任让人产生了深刻的挫败感。为了抵消挫败感，他们不断寻找方式，试图填满空虚，于是就有了那些自我损害的行为。但羞愧与恨意的侵蚀有时会让他们觉得无所遁形。这种充满焦灼的情绪常常无助于激发行动力，反而会导致意志的瘫痪。于是，在新一轮挣扎后，他们又满怀焦虑和悔恨，更深地躲藏回自己的世界。这犹如一个扭曲的循环。就像爬行在莫比乌斯环带上的小虫，误入了一个只存在单一曲面但却自我永续的奇异世界。

在他们的自我观感中，有时觉得自己仿佛是被施了魔法的隐形人。纷繁世

界与他们擦身而过，他们却只是身处虚空的旁观者。没有人知道他们迷失在黑暗之中，也没有人会前来搜寻。他们试图呼喊，寻找出路，但一些无法触及的障碍将他们和世界隔绝开来。偶尔有人听到呼救并想要提供帮助，但他们旋即发现，每个愿意帮忙的人都无法达到他们特别要求的高度。渐渐地他们发觉，在这个孤独、喧嚣的世界里，他们看不到任何潜逃的可能。于是慢慢凝固成一个僵硬的漂浮的姿势，无助地听任命运摆布。这幅画，可以叫作“无泪的悲伤”。

每一天，都有人感到自己很不幸。古希腊神话中的主神就曾仰天叹息——我是宙斯，克罗诺斯之子，却要忍受莫可言状的苦恼。林肯也说——如果把我的感受同样传播到全人类，那么这个世界上将再也看不到一张快乐的面孔。真的，心境障碍的蔓延速度令人吃惊，以至于一些心理学家认为，我们是处在一个“抑郁的时代”。

被抑郁困扰的人其实往往拥有一些很优秀的品质。他们敏锐、理智，富有创造力，不满足于平庸，对生活品质有着很高的要求。他们相信幸福要靠自己奋斗，也相信只要一切做得正确，世界就会变得色调明快，笑容灿烂，结局美满，就像小学课本上的插图或者广告和流行剧集形容的那样：无论多么重大的问题，都可以在短时间解决；好人不会永远受伤；关键时刻总有人伸出援手；

只要坚持过黑暗时刻，前面必然是光明坦途……这些，应该没有错，这是我们从小接受的教育。可是，这样的信念体系无助于我们正确判断在现实世界解决问题时需要的努力和耐心。

抑郁的人习惯把事情想得很糟。越想情绪越低落，心中、眼中只被无名的哀思填满。直到天和地都变灰了，才开始绝望地想为什么只有自己一个人被困在这个只有灰色调的世界。这种悲观的思维模式，心理学称为消极型归因风格。他们的思维好像可以自动进入熟悉的频段，给看上去的世界加上灰色的滤镜，让一切变得黯然失色。

这不完全是他们的错，这种消极的解释方式常常可以追溯到童年期。举个不具有普遍性的例子：如果童年时代对爱的需要一再被忽视、被拒绝，或者父母对孩子的态度中掺杂着否定、轻视、讥刺和不尊重，孩子就会凭借本能学会隐藏自己的委屈和失落，学着用讨人喜欢的、虚假的自我迎合父母的期望。他们的眼睛会始终看向父母，希望父母高兴，希望获得渴望的认可和关注。因为，你一定要喜欢我，重视我，觉得我好，我才能感到安全。

他们害怕让人失望。

为了这个目标，他们要求自己必须成功，必须坚持，必须完美，必须承受一切。否则就是有罪的，就是应该被责备的。这是一种自虐的义务感，多么孩子气的完美主义，这让他们一生都不快乐。

这种错误的模式如果被固化下来，陪伴他们直到成年，他们便会习惯于否定自己。因为经验告诉他们，只有假装出完美的自己才会被接受。而真实的自己不够好，也不被人喜欢。这种割裂式的评价，让他们始终体验到内心需要的不平衡。一边是对爱和赞许的过度渴望；另一边是心底始终隐藏着的无助、愠怒、不被信任和没有安全感。

这种不稳定的状态让他们不快乐。假装的自我耗去他们太多的能量，为了补偿情感的空虚，他们用暴食、游戏、冲动购物的方式填补空虚，以获得暂时的满足。但是这种表面的平衡是如此微妙，如果有突然的事件唤醒了最初的忧伤，或者因疲惫而临界他们力量的边缘，他们的反应就很可能会出人意料，比如对微小的事件做出暴怒的反应等。而更多的则是精疲力竭，仿佛全身力气都已经耗尽了。

为什么会这样？他们也不知道。就像突然天降罗网，把他们困在里面，而他们只有麻木地承受。但是，这不是真相。因为压垮大象的永远不是一只蜜蜂，而是之前已经让它消耗殆尽的负累。

02 我是个年轻人，我心情不太好

Double 龙

我是个年轻人，我心情不太好。

我享受着丰富的教育资源，进了学校最好的实验室，正当年轻，有很多追求，可是我真的不快乐。

我发现我很久不快乐了，是彻底不快乐那种。

理论上，我应该快乐，我享受着京城丰富的教育资源，我进了学校最好的实验室，政府按月给我们发着生活费，虽然不多，但足够畅饮可口可乐；周末要是在学校待腻了，可以坐上京城各路地铁，任你转千百遍也只收你两块钱，你要坐公交，凭你是学生身份，一般也就收你两毛钱；你要学习不努力，还可跑到人家清华、北大、北航看看人家是怎么努力学习的，然后在回来的路上给自己狠狠的一巴掌……

可是我真的不快乐。

我想唱歌，可是不记得一句歌词，唱难听了，自己还先脸红了。

我想跳舞，可是刚跳上几步《江南 style》，就又想起了我们江南的那个姑娘。

我想出去转转，可是该死的北国天气让我在寒风中哆嗦，将我本能挤出水的皮肤吸干得像木乃伊。

曾经做梦都想来京城，给自己做了种种计划：星期一去鸟巢、水立方，星期二去天安门，星期三去长城，星期四去国家图书馆……可结果是：星期一上课，星期二上课，星期三上课，星期四还是上课……校园路旁的树叶都纷纷飘落，红的黄的都有，北京香山现在一定是最美的季节了吧，我也曾想过要去，去感受红叶满地，去感受大自然的颜色。可是，我去不了。

机会这么多，我凌乱得很，还没学会如何取舍，还没改掉那颗焦躁的心，什么都想要，机会一来，我就迎难而上，不管时间够不够，我想我加夜班吧，可是只要一到那个钟点儿，打死我也要睡觉。

最糟糕的是，我看不进书了，这些书我曾经是多么疯狂地热爱呀，可是我看不进了，我翻开一本《胡适口述自传》，眼睛看着书本，大脑层却不停想着：呀，《随机过程》《组合数学》《C++ 程序设计》都还没看，下周就考试了呢！我翻开一本中文图书，脑袋却在想：呀，不行，不能看中文图书，英语对研究多重要呀，得去看英文原版！

到最后，我只能把所有书一扔：TMD，还让我看书吗！

我跑去学校报告厅听外国留学生辩论赛，听得热血沸腾，又突然想：呀，不行，我也得出国。嗯，是考雅思呢，还是考托福呢？赶紧去下载雅思、托福听力，一听，鸟语，无尽失望……

我跑去北大国家留学生咨询会，看到传说中各国牛哄哄的大学，我小心翼翼地坐过去，说："您好。"那女人微笑地说："空你气娃……"我愣了半天，对身旁的志愿者说："我不会日语呀。"志愿者说："你可以说英语……"对呀，我还可以说英语呢，可是，我口语好差呢，勉强叽叽哇哇地聊吧。我发誓，回来要好好练口语，要练得像他们北大人讲的一样。于是，回来又听起好久不再听的 VOA，BBC……

我一朋友，他对我另一个朋友说，告诉他，近期低调点儿，十八大马上就要召开了，别惹事。于是我翻遍了我的 QQ 空间、腾讯微博、新浪微博、新浪博客、百度空间……愣是没找着哪条我对不起党和人民的言论。事实上，我已经好久不发表这方面的言论了，因为我现在知道了内部监控的原理。

老师说，11 月中旬在南京有个机器人比赛……下课后我第一个跑上去，自信满满地报名参战……

老师打电话对我说，有个工程硕士想要你帮他写个毕业论文……我说好吧，我干……

实验室老师问，给你的任务做得怎么样了？我说，我……我……

微笑天使组织说，以后星期六我们要出去支教。我说，行，我能参加。

……

我终于还是筋疲力尽了，我厌烦了，我想恢复到简单，我想星期一上课，星期二上课，星期三上课，星期四上课，星期五上课……我想我的生活里就只有上课和下课，吃饭和睡觉，那该有多好呀。

我知道我年轻，我知道我还有很多激情的想法，还有着儿时的理想，还有着一些幻想，还有着不甘就此平庸，于是我想要的越来越多了，可是我越来越不快乐了。如果我不快乐，那么我追寻这些东西干什么呢？如果我不快乐，那么我要活在这个世界上干什么呢？

我今天看到这样一个故事，也许我以前在哪里看过，但没认真体会过，也没想过有一天我会不会变成这头驴：

哲学家布里丹养了一头毛驴，他每天都要向附近的农民买一堆草料来喂。

这天，送草的农民出于对哲学家的景仰，额外送了一堆草料放在旁边。这下子，毛驴站在两堆数量、质量和与它的距离完全相等的干草之间左右为难了。它虽然享有充分选择的自由，但由于两堆干草价值相等，客观上无法分辨优劣，于是它左看看，右瞅瞅，始终无法分清究竟选择哪一堆好。于是，这头可怜的毛驴就这样站在原地，一会儿考虑数量，一会儿考虑质量，一会儿分析颜色，一会儿分析新鲜度，犹犹豫豫，来来回回，在无所适从中活活地饿死了。

从这个故事里我已经看到了，如果我还不赶紧在多堆草料中选定一堆的话，我也要马上饿死了。Double 龙同学，请暂时停下脚步吧，请专注一件简单的事，把简单的事做到极致吧。

即使没有女孩愿意挽着你的胳膊，陪你走在这北国落叶飘零的季节，你也要为那颗焦虑的心留下一片属于自然和美的净地。

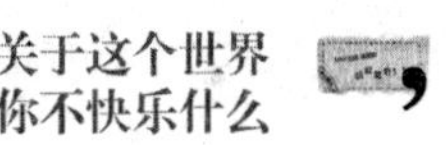

03 我们从来都不是我们自己

于昊龙

一个华政的朋友，大三了，上周末去考中级口译，之后她来学校给我送东西，顺便欢快地说她考得还不错。一阵兴奋过后，我问她，那你将来是想做同传咯？她愣了一下，说不知道，也许吧。我又问，那你考中级口译干啥？她很轻松地回答我，大家都考啊，毕业简历上能多一条。然后我们都笑了，各忙各的去了。

也是在上周，中外管理课上教授问一个女生如何在求职中证明自己有能力胜任这项工作。女生毫不畏惧这个问题，系统地描述了一个大学生从大一到毕业要准备的各种考级考证，精确到了哪年哪月该考过哪一项。女生说完，站在那里透着自信，等待着老师的称赞。我看得出，她是一个精明的女孩，她认真考虑过自己的大学生活和人生，她盼望着大学毕业后用满意的考级分数和大把的证书谋得一个体面的工作。但是教授泼来了一盆冷水："我可以很明确地告诉你，这些证书基本上都是没用的。"

是的，因为我们从来都不是我们自己。

学校的氛围、家庭的环境都在逼迫我们背离自己，走向功利。

古代人习惯把“上学”称作“念书”，现在看来，上学是上学，念书是念书，上学的不一定在念书，念书的不一定在上学。

走进图书馆，没有人看书，大家都在忙着刷题。四六级真题、考研真题、公务员真题、各种考证真题……我曾见过一个同学从书架上抱来一本《呼啸山庄》摆在桌子上，把从楼下买来的咖啡摆在书的旁边，随后拿起手机拍照，编辑、上传，然后那本《呼啸山庄》翻都没翻开就被放回了书架，同学回到座位上，掏出了一本厚厚的《力学习题集》。我猜，那条微博的内容大概是这样的：“在一个美好的午后，泡在图书馆安安静静地看一本自己喜欢的小说，脱离浮躁和尘嚣……”

殊不知，她抛弃的正是安静，身处的依然是浮躁和尘嚣。

放假回家，父母会跟你说 ×× 家的孩子在哪里高就，年薪多少多少万元，或者带你出入酒席，见识那些久仰大名的榜样。他们嘴上不说，实际上是在跟你说：将来你要和他们一样，甚至要比他们强。

我向来不反对和榜样接触，实际上我很乐意这样做。但是，他们的成功是不是可以移植到自己身上？他们告诉你的所谓的成功方法，只不过是他们走

过的路而已。事实上，每个人的人生都是不一样的，他们也不知道用其他方法能不能通向康庄大道。于是，你告诉自己，一定要像他们一样，去那个学校读书，再去那个国家留学。

你真的在做你自己吗？还是在重复别人的人生？

你获得了别人成功的经验，但同时要避免阻碍了自己。因为，路有很多条，都想走又都不想走？那么，不如自己另辟一条蹊径吧。成功真的可以如法炮制吗？我们看电影、读书、看报，获得了无数成功人士的成功学，你立志要做下一个马云，下一个俞敏洪，下一个乔布斯。

可是，你要等到什么时候做你自己？

话说回来，不成功不可以吗？努力做一个普通人就是没追求、没志向吗？就像那个小女孩说的，“妈妈，我想当在路边为英雄鼓掌的人”，这样不可以吗？辅导员告诉你：你一定要提前考虑毕业后是考研，是出国还是工作。可是，就不能有第四种选择吗？学长告诉你：大学期间一定要谈一场恋爱，你身边的朋友都有了异性朋友，于是你耐不住寂寞也谈了朋友。你的室友都打游戏，于是你为了合群而学着打起了游戏。社交网络上别人都在发表爱国宣言，于是你不愿多想也转发或写了几句豪言壮语。一则新闻你只看了个标题就开始高谈阔论、轻蔑讽刺，却不知道自己的情绪正被媒体利用。

身边的同学们争先入党，于是你也跟着递交了一份从百度文库下载下来的入党申请书（听说还有入党申请书自动生成器这样的逆天工具，无语）。可能你连党成立的年份都要百度一下，或者百度都懒得搜。我也是这样的人，准确地说，我曾经也是这样的人——一个听话的好学生、好孩子。怕得罪老师、怕惹爹妈生气，怕伤了朋友间的和气。所以我们习惯了妥协、让步，习惯了沉默、顺从，甚至习惯了人云亦云、随波逐流。

因为，我们不相信自己，也不敢相信自己。

上周党支书来问我要去年的思想汇报，我突然就自我膨胀了。我淡定地说："我不入党了。"支书诧异地问我："你确定？"他走了以后，室友纷纷表示惋惜："把你的积极分子身份转让给我行吗？"我这人喜欢凡事问个为什么，我问过很多人"你为什么要入党"。他们要么支支吾吾，要么直言不讳地说："进国企容易，可以考公务员，出国有使馆罩着，当官收名表……"可是你们的申请书上的入党动机都写得那么高尚、单纯。

所以，不要再抱怨这个社会有多么虚伪和不公，因为我们都是帮凶。请不要再批评哪个高官又受贿，又用公款消费，因为你也曾经幻想着成为他们中的

一员。

辅导员打电话要找我谈话，我知道是因为入党的事情。我对党没有任何偏见，我只是想对自己所做的每一个决定和每一件事都负起责任。只是想当别人问我你为什么要这样做的时候，能说出一个可以说服自己的理由。别人说入党观察期好长，我反而觉得太短了，并且我也需要时间了解它，了解自己是否真的够格儿做一名党员。

我知道，你看完这篇文章也许不会有所改变，你还是会去考级、考证、做题、网游，不怎么看书……但是我想至少你要明白，许多年以后，当你后悔当初的选择，当你不理解当初的所作所为，当你抱怨自己混得和别人不一样，当你开始怅惘梦想和现实之间的差距时，不要责怪社会和他人，因为你从来都不是你自己，你盲目地随大溜儿，都没有认认真真地问过自己想要什么，又凭什么要求过上自己想要的生活呢？

同时，如果你甘于世俗甚至标榜自己狭隘的经验和观点，我尊重你的看法，但是请不要去打扰那些怀揣梦想并在自己的道路上付出努力的人，更不要去冷嘲热讽他们所做的一些你不能理解的事。这样做不是为了保护他们，而是为了保护你自己。因为当这些人实现梦想的时候，你不至于落得尴尬和难堪。

04 当下中国的十二种孤独

孙琳琳

科技每天都在更新，各种数码设备每天都在陪伴着我们，填补了原本空虚、无聊、发呆的时间，甚至侵占了原本应该用来工作、交谈、睡觉的时间。网游里有最性感的虚拟女友，微博可以引来数万人关注，视频网站的电视剧不插播广告，网上商城24小时不打烊……互联网上充满了各种各样的声像，让人不睹不快，一个人说他离开电脑去睡了，其实往往是躺在床上继续看手机。

然而于众声喧嚣之中，我们却感觉越来越孤独了：每隔几分钟就要看一眼手机，不断刷新微博看好友都在干些什么，邮件没有被立刻回复就感到沮丧不安……那些飘在风中的代码左右了我们的情绪。饭桌上，每个人都低头玩手机或平板电脑，话题也经常围绕着社交网站上正在发声的人和正在发生的事展开。

尽管我们今天所面对的机遇跟困境都是前所未有的，但人类的情感需求却从未改变过。

第一种孤独：依赖科技而不是彼此

“想你，请与我联系013701059553”。2000年12月，艺术家何岸在深圳街头设置了一个霓虹灯箱，吸引了数百个陌生人打来电话。2011年10月，失恋的美国人杰夫·罗格斯也做了类似的事，他将电话号码贴遍纽约的大街小巷，竟接到几万通来电。来电五花八门，有推销的，寻一夜情的，谈想法的，也有孤独者因闻到同类气味惺惺相惜而来的。

今天，虚拟身份比真实身份更具符号性和辨识性。现实生活中我不认识你，但报上网名才发现我早就关注了你。人际交往的第一步不是我加你微博就是你加我QQ。网上点餐、在线游戏、通信基本靠微信，连亲密接触都可通过视频完成。

对网络的依赖，也使我们成为精确的目标消费者。看了亚马逊网站根据购买记录推荐的“你可能感兴趣”版块，真能让人产生一种被了解的感动。

第二种孤独：谁都过得比我好

Instagram这类拍照工具就是为了把平淡无奇的生活美转化成传奇，晒出来让围观的人感到羡慕。雪莉·图克尔（美国麻省理工学院教授）将这种炫耀称为“演示焦虑”。

网络上充斥着大量的此类“焦虑”，你所观看的每一个人都把暗面转到后头，只给你看精彩和美好的一面，尤其是女性，展示与比较是她们最为看重的，包括可能令人羡慕的细节，也包括阅历和见识。花在观看别人的幸福上的时间越多，你就越沮丧。“人们为查看曾经的好友、配偶、同事的信息付出了心理代价。他们不该再关注这些，这种情绪有害健康。”雪莉 · 图克尔说。

第三种孤独：老无所依

已故的铁娘子撒切尔夫人在生前，儿子一个多月才来探望她一次，女儿经常忙得几个月都来不了。英国保守党成员斯派塞在新书《斯派塞日记》中透露，撒切尔夫人也后悔过，如果时间能够倒流，她将会为家庭放弃从政。

在中国，养儿防老的观念正逐渐淡化，最经常的相处方式是：子女为生计奔波，老人则照顾孙辈发挥余热。退休之后，大多数老人就失去了社会认同，也缩减了社交。今年春节，一位68岁的大连老太独自在家，寂寞到摁抽水马桶抽水钮玩，两个月冲走了98吨水。

第四种孤独：独生子女

过去，中国人生活在有情感联系的关系中，要面对父母长辈、兄弟姐妹、丈夫、妻子、孩子等，大家庭中非常热闹。而独生子女一代没有兄弟姐妹，亲戚也越来越少。每个孩子都处在“4–2–1”式家庭结构的金字塔顶端，被整个

家庭细心呵护着。

小儿之间的推搡嬉闹总在第一时间就被大人制止，谁也不许自家孩子吃亏，唯有减少邻里接触的频率。父母希望孩子有玩伴，但这玩伴也要是他们认可的。在合肥，甚至有网站组织“宝宝相亲”，由父母为孩子挑选玩伴。

过去中国人讲究的人情世故，今天很多都被从简从略了，唯独自我被越放越大。面对“硕大无朋”的自我，人们难免有深切的孤独感。

第五种孤独：离开故乡

2012 年 4 月，郭台铭在博鳌亚洲论坛上说：“如果我们对员工有任何不合理的要求，就不会像现在‘要一个来三个’……”事实是，为生计，初入城市的农民工只能流血流汗；流水线上的工人哪一个做的不是高强度、低收入的工作……过去他们在乡村野蛮生长，一入厂门，再也不得自由，甚至私生活受限，连基本的情感需求都无法满足。在男女比例失调的广东东莞，一些厂内“一夫多妻”是常事，女工怀孕后多被抛弃。可怜离开故乡时，她们中的许多人还只是孩子。

第六种孤独：因为爱情

2011 年，台湾未婚女性的数量是为 217 万，男性的数量为 270 万，平均婚龄持续推后。很多人找不到情感归宿，连林志玲也嗲嗲地说："没有男生追志玲，只有时间追志玲。"

36 个月爱情即退潮的危险始终存在，艰难相处减少了激情，女人怪男人不守誓言，男人怪女人不似当初，有伴侣常比没伴侣更孤独。法国连环枪击案嫌犯穆罕默德 · 梅拉赫的律师也拿情感理由当辩词："梅拉赫在行凶前因婚变受刺激，他作案时肯定感觉自己像'一匹孤独的狼'。"

第七种孤独：我不相信

中国人的聪明才智有多少用来"互害"？你有地沟油，我有假蜂蜜；你卖毒牛奶，我卖的牛肉其实是染色猪肉。为了逐利，毫不犹豫地同流合污，东窗事发后便说是行业"潜规则"。

食品不安全，学历是假的，慈善多作秀，名声不符实……一个人长大的过程变成逐渐对一切持怀疑态度的过程。

第八种孤独：水泥森林

高楼占领了城市，家升到半空变成一个门牌号。人与人之间失去了交流的

触点，每个人都十分留心地锁好防盗门。

城市充满了几何感，那些设计是为了制造奇观而来的。越来越多巴西利亚式的沉闷的城市，体量无比巨大，没有“神经末梢”，个人处于其中会感到迷茫，就像一个人在月亮上那么孤独。今天的城市管理者只希望车流通畅，夜间灯火辉煌，人们彼此保持安全距离。

第九种孤独：成为名人

唱《孤独患者》的陈奕迅真的感到很孤独：“两三年前我还敢去坐地铁，但现在不敢了，好像看到人会觉得害怕，不知道该怎么应对。”

关注有两种心态，一种是粉你，一种是骂你。既有女大学生执著 @ 蔡康永 325 次求回复，也有网络水军骂得舒淇一夜之间删光微博。名声越大越需要强大的心理承受力，不能服软，否则便会被长期积累的负面力量压垮。范冰冰放言，她的成功不是白来的，“我能受得了多大的诋毁，就禁得住多少的赞美”。

第十种孤独：创作

里尔克写作时总是与世隔绝；里希特抱怨人人都喜欢他的艺术，因为这种喜欢大抵与对名利的追逐有关；马尔克斯则说：“一百万人决定去读一本全凭一人独坐陋室，用‘28 个字母’、两根手指头敲出来的书，想想都觉得疯狂。”

创作的过程是无法与世人分享的，唯有熬过了那些被孤独照得通体透明的日子，才有可能修成正果。

获得 2012 年普利兹克建筑学奖后，建筑师王澍心情复杂地说：“我这么多年都在探索，感到有些孤独。但如果很真诚地去思考、认真地去工作，把理想坚持足够长的时间，那么最后一定会有某种结果的。”

第十一种孤独：孤独症与抑郁症

全世界有 6700 万孤独症患者，在过去 20 年里，发达国家的孤独症病例呈现爆发式上涨趋势。在中国，2011 年仅广州常住人口中就有约 7 万名孤独症患者，而且人数还在逐年增加。

美国宾夕法尼亚大学教授斯科特 · 塞立克说：“遗传和环境因素各负一半责任。”孤独症不是因为被身边的人冷落，而是一种病。同样地，抑郁症也不仅仅是心情不好那么简单，被抑郁症折磨 6 年的歌手杨坤说，“自己一方面特别渴望跟人交流，另一方面又特别渴望一个人独处”。

第十二种孤独：独善其身

“我体会到了真正的孤独，这种感觉湮没了一切。”2012 年 3 月 27 日，坐单人深潜器潜入 11000 米深的马里亚纳海沟的美国导演卡梅隆说。

今天的中国人越来越少地忍受独自一人，只是想随手去捡那些容易得到的乐趣。面对外界强加的排斥缺乏承受力，为了不孤独，宁愿不自由，包括接受他们并不享受的生活方式、朋友和社会观念。

君子必慎其独也。为追问生存的意义而进行孤独的努力仍是值得的，面对生命的真相，再长的寂寞都会获得补偿。

“我觉得孤独很快乐，比如夜里 12 点你翻开一本新书，闻到墨香的感觉，这是他人无法给的。”崔永元说。

05 你穷你俗你文你装，你只能继续做个孤单的老好人

你穷，你不是买不起五环内的房子，你是连通州区的厕所都买不起；你 3 个月的工资装在口袋里也撑不起一点儿弧度；你不敢请姑娘吃饭，好不容易下回馆子，只点一盘土豆丝，服务员说："两个人一个菜不够吃吧。"你低头沉思良久，猛抬头决然道："再来一盘土豆丝！"你从不买饮料，每天都会用饮料瓶在单位接一瓶纯净水带回家，夏天的时候接两瓶，有一回你脑子进水请姑娘喝了一杯星巴克，结果胃疼了 3 个月；你从不请姑娘看电影、逛游乐场，图书馆和免费公园是你的最爱；你住着小隔间，隔壁邻居放个屁都听得一清二楚；你上班要转 3 趟车，就算是世界末日你也绝不会打的，因为打一次的就会花掉你半个月的生活费。你看不到任何希望，没有任何保障，你只能对姑娘说："我是个好人。"姑娘只说了两个字——"可是"加一个省略号，于是，你只能继续做个好人，一个孤单的好人。

你俗，你无时无刻不晃着你的车钥匙，晃着脖子上手指般粗的金项链，开口闭口就是你的一秒钟赚几十万元；大冬天你光着半边儿膀子就是为了展示你肥硕的手腕上的劳力士手表；你每时每刻都拿着比两块砖还厚的钱包，拿张草纸也要把包拉得很开，就是为了清晰地展示包里装的一沓一沓的人民币；你的

口头禅是“不就是钱嘛”，再加上一个极度不屑的表情和一个向右前方45度伸出去的下巴；对于姑娘，你一向霸气十足，你一边用手指敲着桌子一边不耐烦地说：“说！想要什么！车子？房子？LV？DIOR？快说快说！”通常情况下，我是说我理解的通常情况下，姑娘会立马转身就走。当然，现在不通常的情况比较多，但不影响最后的结局，当你的钞票消耗殆尽的时候，姑娘会毫不犹豫地转身就走，只留下空瘪的钱包和孤单的你。

你文，你是个优雅的文艺青年，你张着“O”型的嘴随时准备赋诗一首——“啊！美丽的姑娘！你像星星般璀璨，你像太阳般辉煌，你用爱情的光芒，把我的心照亮，我每天都在乞求上苍，请你给我一段美好时光，因为我真的爱你啊，姑娘！”你有一颗诗情画意的心，一粒沙、一朵花都可以让你激动一宿；你有一个多愁善感的灵魂，踩到一坨狗屎都可以让你忧伤半年；你碰到喜欢的姑娘，常常两眼放光、热血澎湃，这时你会激动地满含热情地说出3个字——“等一下！”然后从兜里掏出一张纸片开始大声念起来：“啊！美丽的姑娘……”等你声情并茂地念完以后，你才发现那里只剩下孤单的自己，还有一阵悲凉的北风吹过。

你装，你比A和C还会装，你穿着裁剪合体的小西服，配一双最新款的小耐克，裤脚离鞋足有三寸半，你喜欢摇晃着红酒杯，你喜欢听法文歌，英文歌对你来说是一种摧残，中文歌？天啊！赶紧拿走！你厌恶地、略带妩媚地捏住了你的大鼻子。你最讲究品位，从不看令人作呕的电视剧，你最喜欢看歌剧、听音乐会，你对古典音乐有着超乎寻常的领悟力，当台上的指挥家刚一撅屁股挥了一下指挥棒，你就已经感动得下身湿热一泻千里了。你对事业有很高的追求，开口“乔布斯”闭口“福布斯”，你常常慷慨激昂地陈述自己的伟大功绩、辉煌前景，你的形象越来越高大，越来越高大，终于整个宇宙只能容得下一个孤单的你，再也容不下别的了。

你的生活轨迹就是家——单位——家，你认识的女性除了你妈以外就是单位里坐在你旁边的王会计，很遗憾，她已经是孩子他妈了，哦不！还有一个！就是你经常坐的公交车上的一个漂亮的售票员，你曾经也想问她要电话号码，当然，也只是想想而已。你几乎没有朋友，也从不参加什么团体活动，你最大的爱好是躲进房间拉上窗帘戴上耳机，一边看日本爱情动作大片一边挥动你勤劳的左手，留给世界一个颤抖的、孤单的背影。

你有个聪慧机敏的大脑，你最引以为傲的事是自己从来没有吃过亏，你随手带着一个计算器，并坚守着保留小数点后两位的优良传统。对于恋爱，你有

一套精密的计算公式，对方的长相、身材、家境、学历、好感度乘以阿尔法系数开根号除以西格玛系数加上 π 的三次立方根，最后得出吃几顿饭，吃多少钱的饭，看不看电影以及需不需要打的送回家，等等。令你自豪的是，很多次你都成功地让对方付了钱。虽然你现在还是单身，但是你拿出计算器噼里啪啦地一阵敲击后，骄傲地宣称：根据投资回报率，目前的得分是最高的！

你换工作比换衣服还勤，你总是一副怀才不遇的衰样，仿佛伯乐都瞎了眼，全世界都瞎了眼，所有上司都忌惮你的能力而故意打压你，所有的同事都嫉妒你的才华而刻意排挤你，你常常泪眼问苍天“英雄为何无用武之地”，你常说“给我一个舞台，我就能翻十几个跟头”，虽然你常常把小事搞砸，但是你从不承认是自己的责任，是上天不公，是天气太热，是大气层臭氧空洞……最后，你安慰自己：成大事者不拘小节。十几年过去了，你仍然胸怀大志，但一事无成，你最大的成就是换了几十个手机号码，姑娘终于 Hold 不住离你而去，你恶狠狠地说：“你不懂我！你会后悔的！”

你有颗单纯的心和超级优良的心态，你没什么追求，只想过简单幸福的生活，你确实也是这么过着的，你不用操什么心，洗衣做饭已经由父母包办了，你还有个甜蜜的昵称——“宝宝”，只是偶尔你会觉得有点儿孤单，于是你爱上了偶像剧，那些浪漫、温馨、甜蜜的剧情让你神往不已。于是，每天临睡前你都会双膝跪地双手合十虔心地祈祷："万能的主啊！赐给我一个美丽、温柔、善良的姑娘吧！"然后你带着甜蜜的微笑睡了，梦里的你不再孤单。

你常常对自己说："我只做我自己！"每念及此，你都把自己感动得热泪盈眶。你要做个真性情的人，做自己爱做的事，说自己想说的话，"爱我就跟我走，不爱我就给我滚"，你不需要别人的同情和施舍。当然，你也不会给别人同情和施舍，那样太虚伪！你会直接表达你的感受——"对不起！我已经不爱你了。""对不起！我爱上了另一个人。"……渐渐地，你越来越强大，刀枪不入，水火不侵。终有一天，你会成为一名"绝代"高手。

所以，孤单还是对你最好的惩罚，所幸，惩罚的不只是你一个人。

06 没有谁的人生是踩在红地毯上走过的

张珑耀

最近这一段时间，我几乎每天都能听到来自身边的抱怨。总的来说分为三类：我到底做了什么，我在做什么，我要做什么。

时间把我们轻轻地推远，我们已经不再是那个还可以整天做着美梦的年纪了。那时或许在一个晴天，就可以和朋友们躺在草地上畅想未来多美好，前途令人向往。那时的我们，觉得还早，一切尚未来到，还有机会去潇洒，挥洒豪迈。未来是挂在天边的北极星，只要我们一股脑儿地朝它奔跑，它就会像一场缤纷的盛宴如期而至。

只可惜，不知道是盛宴太美好不忍轻易来到，还是我们的睫毛沾满了花粉，让我们误以为期待的未来只不过是眼前的破败不堪。于是，我们在这场追逐梦想的道路上迷失了方向。

我们每向前走一步，就会听说某某大神学姐，GMAT 考了 770 分，雅思考了 8 分，某某学长拿到剑桥或者哈佛的奖学金；我们每回首看一眼自己走过的路，就会听见家里的人说哪位刚毕业的姐姐打败 3 万人考上公务员，抱着金饭碗不用愁；我们每抬头看看自己远方的路，就看见某个同龄的高中同学，大学时就自己创业，大学没毕业公司就注册上百万元，学校赶紧请他办讲座向周围的同学传输创业经验。

别人的未来光彩夺目，自己的未来暗淡无光。

我们每发出一点儿声音，周围的喧嚣就会刺激到自己紧张的神经。社交网络上疯狂分享上万次的牛人高分托福备考心经，进入联合利华或者投资银行的学长学姐们写的大学四年志。还有那些亲爱的杜拉拉、李拉拉、王拉拉们，他们的人生奋斗就像是一本职场的《九阴真经》——苦口婆心，所向披靡，无往不胜。

市面上的成功学等图书层出不穷，更不要说那些天资聪颖，打小就目标明确前途辉煌的少年天才了。比如那些含着金汤匙的名门之后，他们年纪轻轻就有一番作为，无不是在各种场合中风生水起的人物。

牛人们的神话就像是粘在座椅靠背的图钉，时刻刺痛我们稍微放松一下的神经。我们突然意识到，自己在他们面前好像什么都没有准备好。在别人都武装到牙齿的时候，我们还赤裸着身子、红着脸四处遮羞。

脚下的路，蜿蜒又曲折；远方的梦，扑朔又迷蒙。

我们焦躁，烦闷，忧郁，彷徨。

这是一个残忍的时代，好友、同学都纷纷实习，就业，考研，出国。所以我们也拼命地不甘示弱，往前拼命地挤破头，生怕错失良机，但却还是在起起伏伏的人海中失了方向。长相不出众，气质不优雅，成绩不拔尖，家世不显赫，手腕不高明。这样的我们，又何去何从？

这是一个浮躁的社会，大家拼命地以为，只有速成，才是指向成功的唯一标准。

我们仿佛都忘了有一种淡然的坚持，叫作“绳锯木断，水滴石穿”。

我们似乎也都忽略了一种等待的状态，是“天将降大任于斯人也”。

俞敏洪，多次落榜，第三次才考上北大，在大学里还患了肺结核不得已休学一年。他想去美国，却被拒签了三年半，还被老婆看不起，一脚从床上踹了下去。

我记得我在上“新东方”的时候曾经听过这样一个故事。当时的“新东方”还远没有现在的规模，只是北京地区小有名气的英语办学机构。老俞当时租的房子因为租金不高，盛夏酷暑的夜里老是停电，于是老俞他们就用蜡烛点灯上课。实在热得不行了，就托人找了一米多高的冰块摆在教室里面驱热。有一夜北京高温30多度，台上的老师中暑晕倒了。在把老师送到医院后，老俞回到教室看这样的环境，学生和老师看着看着就哭了。

李安大学毕业后，有一段长达6年的失业期。生活全是靠她妻子的工资，而他就是全职家庭主夫。每天李安能做的就是目送他的妻子林惠嘉开车去工作，然后独自回家写剧本、做家务。终于有一天，李安实在无法忍受这种生活，就瞒着他的妻子去当时的社区大学报名学电脑以改善自己的处境。当晚，林惠嘉不经意找到了那张报名表，却什么都没有说。第二天，李安惴惴不安地送她时，林惠嘉站在台阶上转过头来对李安一字一句地说："李安，要记得你心里的梦想。"那一刻，李安心里像突然起了一阵风，那些快要被湮没在失落、庸碌生活中的梦想像那个早上的温暖阳光，一直射进心底。妻子上车离开了，李安拿出包里的课程表，慢慢地撕成碎片，丢进了门口的垃圾桶。

世间不缺少一个电脑员，却缺少一个李安。

其实，

不是每个人的成功都是一剂良药，冲水即食。

不是每个人的成功都是一条咒语，默念即灵。

但是，每个人的成功都曾是在他们的青春里呐喊过，失望过，彷徨过，失

意过，却未放弃的对理想的坚持。

他们更愿意相信自己，比起相信别人。他们可以摒弃一切外在的纷扰和杂念，只倾听自己内心的向往和执著。就算是痛彻心扉的失败和挥之不去的烦恼，甚至身体上的折磨都没有内心的空虚寂寞来得凶猛与可怕。

我想，三毛一定不会期待《哈佛女孩》的故事。我也觉得，Lady Gaga 也不会对《厚黑学》感兴趣。

因为哈佛女孩和职场达人年年有，但是他们却是世界上独一无二、无可取代的唯一。她们的独自选择诠释和塑造了她们的与众不同。她们的特立独行、另辟蹊径，成就了她们跳脱平庸的不落俗套。

而那些单一的模仿和简单的复制只是一条会过时的山寨生产流水线，一样的模子刻一样的人偶。这样的成功，没有独自温暖的体温，没有激动人心、迫不及待的回忆心跳。所以，它只能是人偶，不是人物。它没有惨痛的过去，也自然不会迎来辉煌的未来。

龙应台的 18 岁，是对一个海边渔村的回忆：是对小卖部里孩童的袜子、学生的背包、老婆婆的内裤、女人的内衣和男人的汗衫的零零碎碎的回忆；是对响着汽笛声的巴士和摩托车把马路塞得乌烟瘴气、水泄不通，又突然安静的回忆；还有对飘着一股尿臊味的馆子，揉着人体酸酸的汗味，风扇嘎吱嘎吱地响着的回忆。

那些 18 岁的回忆，远远撑不起一个青春少女完美的梦想。

但是，那个渔村，那些回忆，却成就了让她能从容直面是非之颠倒、政权之更迭、疆土之瓦解、围墙之坍圮以及城邦之兴荣的价值观。让她在事物被混淆、被渗透、被解构、被操纵到难辨真假、难分是非时，也能清醒地植根于社会的生生不息之中，以最原始的面貌存在与面对。

那个存在于遥远的 18 岁记忆里的小渔村，虽然没有给她足够的知识和背景，却给了她一种能力，“悲悯的能力，同情的能力”，使得她在日后面对权力的傲慢、欲望的伪装和种种时代的虚假时，虽然艰难却仍旧得以穿透，看见文明的核心关怀所在。

这是龙应台的 18 岁的小渔村，我们的“小渔村”又是什么？

或许，我们憎恶与焦虑的今天会不会是奠定我们的价值，寻找生命的位置，又给予我们力量和坚持的明天呢？

是否我们又会像她一样，回首告诉安德烈，你青春里的那些困扰而坚持，彷徨却笃定时，我们会重新认识我们的 18 岁，那个纷纷扰扰的自己？

是否我们也会像她一样，还是会感谢自己当时的坚定及向往？相信即便是在最贫瘠的、荒凉的土地上，也可以诞生最伟大的梦想？

还是说，我们还是会像她一样，总是觉得自己很廉价，廉价到只剩下坚持，然后回首才会意识到其实那才是我们最宝贵的拥有？

我们也大可不必在青春的舞台上叹息着还未登台的明天，或者围观，临摹着别人的精彩。

因为，不是所有的成功都是急功近利的模仿，不是所有的梦想都是人云亦云的跟随。

也因为，青春不仅仅是一场盛大的演出，不是每个人都可以毫不费力地走得步履轻盈还赢得掌声一片。青春，也是一场自编自导的独幕剧。唯有最艰苦地等待，最艰难地坚持，以及最崇高地坚守梦想，才值得获得最经久不衰的掌声。

07 卡夫卡没有要酷，LV 也不过是寂寞的姿势

老林

我一个朋友用 3 个月的薪水买了一个 LV 手袋，低调的她并不喜欢这种满身 Logo 的东西，但她说，当有一天她发现圈子里的人几乎人手一个 LV 时，她突然觉得有些孤独。

这是令人沮丧的事情。很多时候，我们发现，我们尝试用各种方式谈恋爱和结婚，参加饭局和牌局，拥有汽车和奢侈品，让自己变得像周围人一样，甚至还好一点点，但我们还是会觉得孤独。找个人上床容易，找一个了解自己的人很难；和某人吃过无数次饭，仍然只是点头之交；手机里存了 300 个电话号码，却不知可以拨哪个号码，倾诉深夜里突如其来的伤感……

孤独感成了生活里最固执、最持久的一部分，而与之对峙、战斗、和解又几乎将贯穿我们的一生。没有多少人能做到像卡夫卡那样享受孤独，甚至渴求孤独，正如他所说："与其说我生活在孤独之中，倒不如说我在这里已经得其所哉。实际上，孤独是我唯一的目的，是对我的极大诱惑……"

有一段时间，我怀疑这只是卡夫卡的一个要酷的姿势。直到我前一阵子读完美国作家理查德 · 耶茨的《十一种孤独》，我开始认同他的观点：人都是孤

独的，没有人逃脱得了，这就是我们的悲剧所在。卡夫卡一定是很早就认清了这一点，所以放弃了那些无谓的抵抗，他 3 次订婚又 3 次解除婚约，在事业方面也没什么野心。

《十一种孤独》写了 11 种孤独的人生。他们都是普通人，出租车司机、小学生、老病号、退役军人……没有大起大落的人生，却精准、敏锐地捕捉并呈现出了普通人的迷茫和“平静的绝望”。局外人试图进入他们的某个生活层面，却遭到拒绝，孤独像是不可救药。这 11 个短篇，工笔般地展现了 11 种缺乏安全感、不完整和不圆满的生活。无人幸免，无人逃脱，无人可救。

比较喜欢其中的一个故事——《万事如意》。格蕾丝第二天就要和拉尔夫结婚了，同事们都在热烈地祝福她，送她贺礼，她也配合着办公室里狂欢的气氛，但她却被一阵突如其来的惊慌攫住了：她真要和这个男人结婚吗？她似乎迷恋的是像上司那样有趣的男人，她甚至在圣诞派对上热吻过他，但现在，她却要和另一个有些无趣的男人结婚了。对于这样的不安和惶恐，格蕾丝简直难以启齿。

这情节我是如此熟悉。有个朋友说，婚礼那天，他一个人待在洗手间哭了一场，他不知悲从何来。这是一桩看上去近乎完美的婚姻，有时连他也这么认为，但他却在那一刻感受到了无以名状的孤独。

后来，我看到英国的一位经济学老师推算出的一个数字：一个人找到真爱的概率是二十八万分之一，也就是说，绝大多数人在婚礼那天的确是该哭的。

我想我明白了朋友的泪水的含义，结婚这事并不坏，但离万事如意就差了那么一点儿。而这一点，他觉得比所有的东西都重要。

我的另一个朋友，在情场上屡败屡战，她还给自己挂起了“结婚倒计时牌”。她是个理想主义者，希望从一个婚姻里找到安全、舒适和快乐，还有了解、默契和自由。她说，最主要的是，结婚之后，我就不会再有孤独感。我很残忍地告诉了她英国人统算的那个悲摧的数字。我对她说，孤独是生命里必有的黑暗，它无法穿越，也不可战胜。我们能做的就是与它平静地共处。

我们如果明白了这一点，就会懂得，其实人不需要那么多东西：名声、金钱、奢侈品、朋友或者爱情、婚姻。至少可以随遇而安，因为我们用这些东西对抗孤独，却无法获胜。

耶茨是不是过于刻薄和无情的人？他的这 11 个故事或许会让人更加恐惧，又或许他只是破除了我们的种种幻象。我想起宗萨蒋钦哲仁波切的一句话：“人生就是你身边睡着一只老虎，你会恐惧、逃避。如果你不知道这一切是幻象就成为问题。你要骑在它上面，抚顺它的毛，人生的目的是要和老虎睡觉。”

孤独，就是这样一只老虎。

08 被卡住的生活

陈彦君

不上不下，是一种尴尬的状态，但却是很多人的状态。世界上所有的人分布成了橄榄型，大多数的人都被卡在橄榄大大的肚子里，过着平淡的生活，羡慕着一端，同情着另一端。

对于很多大学毕业生，他们的生活正被卡得不上不下。几年的大学生活没有留给他们各种证书各种 Offer，简历上长长的实习经历，或者是国外名校的研究生录取通知书，四年之后，除了一本非“211”、非“985”的毕业证书以外，他们一无所有。除了随波逐流，还是随波逐流。

周围的环境也许会慢慢地消磨掉你的意志，被迫现实，被迫懒惰，但是 CJ 说，我们还没到《老男孩》的主角的年纪，还可以走得离理想更近一些……

几年前，我陪一个朋友买了机票去大连看海，他说不知道自己想过什么样的生活，没有能让他专注的事情。他的专业是船舶与海洋工程，所以他想去看看船厂，看看海，然后仔细想想自己的生活状态。其实，我们大多数人都是这样，我也有怅然若失、不知所措的时候，后来终于发现，生活被卡住，是因为你都不知道自己想要的是什么。

我也花了好长时间去寻找我想要的。一年前，我对自己说，我想要的是自由，理解和安宁。

自由，是人身自由，也是物质自由。一路成长，虽不是大富大贵，也基本没有什么物质的拮据。但是过去是父母给的，现在我要靠自己了，我只是想，在我有特别想拥有某样东西的时候，我不会因为金钱的原因而畏首畏尾；在我爱的人有特别想要的东西的时候，我不用辜负他们期盼的目光；在我有特别想去的地方的时候，比如海边，比如回家，我能毫不犹豫地买下一张机票；我也知道自己有一定的物质欲，我不可能像梭罗一样自己开垦一片田地守着一片小湖思考人生，所以我要赚钱，赚足够我享受人生的钱，所以我要好好工作，找一份我爱并且能提升自己的工作。

理解，正如人们所说的那样，越长大，越孤单，理解有时是种奢侈品。爸妈老了，他们有自己的限制，很多事情告诉他们了只能让他们担心，所以在外的孩子都是报喜不报忧。因此，我需要一个人，或者是几个人，在我强颜欢笑的时候看到我心里的泪，或者在我做出什么别人看起来非常不靠谱的决定时，

能笑着和我说“加油”。此外，我需要一些朋友，各种各样的朋友，还需要一个一心要把我宠坏的男人。

所谓安宁，就是在我追求自己所想要的生活的时候，能不卑不亢地一边失去，一边寻找。

本科的时候有位很优秀的同学，她从大一就很坚定地要出国，所以用了3年时间就修完了所有课程，现在在美国名校读传媒；我的朋友阿Mang，在大一的时候给我看了他的规划，他说他最终要移民，后来我是亲眼看着他一步步努力，一次次被打击，但是一次次继续，最终走到今天的PHD；我身边也有毕了业就结婚的，南开的毕业证成了她们最好的嫁妆，从此过上不愁吃穿的生活；也有自己创业的，过着忙碌但充实的生活。这些人的共同点是，对生活的追求，支持着他们穿越各种人生的辛酸。

如果你不懂自己想要什么，你可能会抱怨，说“我没有那么好的家庭条件支持我出国”，“我没有那么漂亮的外貌让我嫁个富二代”。有时候我也会抱怨，有一次做陪同，接待方是个Party的大官，他的孩子小时候去过美国旅游，特别喜欢斯坦福，想上斯坦福，但是成绩很一般，所以中方这么好吃好喝地供着就是希望那些来访的美国教育官员能给他的孩子写推荐信。那次陪同之后我给朋友写信，我说："如果我在上大学前也去过美国，知道了外面的世界，如果我的父母也这样不惜一切地帮助我，并且有能力帮助我，说不定今天的我是坐在斯坦福的校园里给你写下这些话。"

高中时候的一个同学，说实话那时我并不是很喜欢他，因为觉得他活得很自私，但是有一天我听到他对他的富二代同桌说："我和你不一样，我要是考不上好学校，我家人帮不了我什么，所以我只有拼了命地学，来改变自己的命运。"

抱怨无益，愤恨无功，好高骛远、眼高手低就是自寻死路。看清现实很难，看清现实之后不抱怨地努力更难。

曾经有人告诉我，生命的贵贱是由你自己决定的，那些开名车的不一定有踏实的富有，因为他们可能在作践自己的生命，使生命像沙子一样被时间轻易挥手扬弃，但那些不抱怨的人可能更了解自己，他们像根须一样缓慢而坚定地伸向土壤深处，一点点靠近自己的目标。

有人说看了我的日志像打了鸡血，因为好多人在我身上看到了自己想要的状态，但适合我的未必适合他人，每个写信问我要如何做的人，我都会告诉他们，找个时间，认真地想一想，自己想要的到底是什么，然后就义无反顾地去努力。有句话说，很多事不是看到了希望才去努力，而是努力了才能看到希望。

09 面具下，我们为谁而活

颜若兮

面具下，我们为谁而活？

连续跑了几天的新闻发布会，颇有感触。用一句话来形容，只能说我涉世未深。浮华的生活背后到处都是不安的心，我看到的是世人的躁动。一辆辆宝马车，一盘盘我叫不出名字的美食，一杯杯美酒，一切都是那么虚无。于是，善男信女们带着面具，一场场好戏才刚刚开始。

生活里男人们习惯带着面具，装出男子汉的气概，在女友面前慷慨地刷卡购物，在别的男人面前吹嘘着自己拥有多少个女人，体会过多少新鲜好奇的事情，又或者暗暗地下决心一定要与其他雄性动物一较高低。而女人们似乎更钟情于浓妆艳抹，早已看不清那秀丽的脸庞，在别人面前和姐妹们比谁的时装更华丽，比谁嫁得更好。

我们都不再问最近你心情好吗，而是最近赚了多少？不再问身体怎样，而是问最近有什么好项目吗？有时候活得太明白的人都很感性，恰恰因为明白而伤感。可是，当我们每个人回到家中卸下面具、卸下伪装的时候，我们何尝问过自己，我们快乐吗？这就是我们要的生活吗？

大都市的节奏已经快得让我们无暇去想什么样的生活是我们想要的生活，已经让我们没有思考的时间。我们会一个人坐在电脑面前一直到凌晨，会在签名、人人状态、微博里描绘自己精彩的生活，会悄悄地隐藏心事，会宿醉，会孤独，但是我们都不再愿意袒露内心，不再愿意和自己说说话。

我们明明还是个孩子的身体，却要有大人的头脑。

很长一段时间以来，我都在思考是什么让我们变得冷漠，是什么让我们的自我保护感那么强，不再轻易地相信别人。原来我们都害怕受伤，所以只好理智。

这个时代缺少了信仰，当我们摘下面具的时候，我们早已分不清哪个是脸，哪个是面具，久而久之都是一个模样。又有多少人想过面具下面的我们为谁而活？

我只想做真实的自己，不去触碰那些不属于我的东西，我始终相信自己努力得到的才不会失去。眼泪来的时候就不要忍住，让它拼命地流，因为流过之后会遇见一个更坚强的自己。

10 我们为什么失去了做普通人的勇气

郑非凡

我们为什么失去了做一个普通人的勇气？这个问题在近几年被反复提出，但依然难以消除我们对平凡人生的恐惧。其实，每一个人都是普通人，只是在短短几十年或多或少留下不同的痕迹罢了。

好久没有上网，每天都在为某知名英语考试疲于奔命，不得不承认，大学毕业后接受知识的能力确实不比高中，倒也不能说是智力退化，只是心变杂了，需要做的事情变多了，时间总量却没变。这样一来，分配给学习的部分自然减少了。中学时代有过学习未知语言的热情，一方面是求知的好奇心，另一方面是征服什么的动力，总觉得掌握一种新型的交流方式很酷，有一种玩智力游戏的快意。曾经特别喜欢学外语，而如今却渐生倦意，尽管老师们个个豪情万丈。

从学外语这件事竟然能联想到做一个普通人的勇气，纯粹出于个人原因，准备考试是为了继续上学，而继续上学是为了避免成为一个普通人，尽管也不一定，总之出发点是这样吧。说来奇怪，几经周折，最终回到了事情的起点，也无怪家人，谁让自己以前总是摆出一副自以为是、做什么都轻松的样子，让人误以为我是个不甘于平凡生活的人。其实，我真的是个对生活随遇而安的人，至于要成功到什么地步，要过上什么样的生活，要去什么地方生活，对我来说没什么要紧，只要心里舒坦，哪里都行，也许不会大富大贵，也许不会成为什么人上人，也许不会留在大都市，可是那又怎么样呢？自己的生活为什么一定要别人认同呢？我愿做一个普通的人，有一个平凡的工作岗位，过一种平静的生活，远离喧嚣，自得其乐，在别人拼命飞奔向前之时，我闲庭信步，享受沿途的小美好，有何不妥？

“我们为什么失去了做一个普通人的勇气？”这个问题在近几年被反复提出，但依然难以消除我们对平凡人生的恐惧。但事实上，从某种意义上来说，每一个人都是普通人，从生到死，短短数十年，总做过一些什么，总留下一些什么，只是多或少的区别罢了。

为什么强求每个人都是成功者呢？我一直觉得，性格这种东西虽说受后天影响，但与生俱来的特质是无法改变的，老虎再怎么弱也变不成兔子，兔子再训练也吃不了别的动物。性格倾向是没法儿一下子被更改掉的，但却可以暂时受到影响，就像我自己，本来就不是那种为了出人头地一定要怎样怎样的人，但由于各种各样的压力和原因，不得不变成另外一个模样，无外乎不让家人失望。中国父母自古如此，望子成龙、望女成凤，自己没有完成的好多心愿，都想让子女去争取，站在他们的立场来看，完全没有问题，生养不易，就算有一

些额外的目的，也着实可以理解。但真正推到并不真正那么好强的子女身上后，期待便成了压力，偶尔会有大学生毕业抑郁自杀或者崩溃弑母的新闻，更有甚者，小小年纪就因为不堪考试压力跳楼的。不是每个人都想做成功者，而父母永远不希望自己的孩子是普通人，父母会这样，归根结底是社会导向问题，谁都希望子女争气、长面子，至于他们本身快乐不快乐那都是次要的事情。

每次走进书店，最先映入眼帘的就是畅销书架上的励志书和成功学类书，那些印刷鲜艳的封面都让我莫名地恐慌，对自己产生小小的怀疑，对很多事情不够热衷，如此波澜不惊，是否要早早地被世界淘汰？我天生不爱和人打交道，更加不喜欢竞争很激烈的行业，曾经奢望过有一个可以养活自己的工作，做喜欢的而且力所能及的小事，安安静静地度过一辈子。无奈，在日复一日的折腾中，越来越多的人失去了做一个普通人的勇气，这其中便包括我。为了开阔眼界，适应社会，增加工作竞争力，我们必须去做一些不喜欢的事，在这一过程中，本身不爱折腾的人便会觉得痛苦和疲惫，特别是为了一个不是自己选择的目标。我们并不想那样，却不得不努力去做到，究竟为了什么？久而久之，怕是连当事人也难以记起，到底是怎样失去了做普通人的勇气。

11 住在手机里的朋友

梅园

在通信时代，无论是初次相见还是老友重逢，交换联系方式常常是彼此交换名片，然后郑重地或是出于礼貌地用手机记下对方的电话号码。

在快节奏的生活里，我们在不知不觉中就成为住在别人手机里的朋友。又因某些意外，变成了别人手机里匆忙的过客，这种快餐式的友谊常常短暂得让人无法深交。

你有多少住在手机里的朋友？

初次相识的喜悦，让你觉得似乎找到了知音。于是，投缘的人与你开始了较频繁的交往。渐渐地，初识的喜悦褪尽，接下来就是仅仅保持着联系，平淡到偶尔在节假日发短信互致问候。偶尔有一天，你发现，你发出的短信石沉大海，你的心也凉了下去。几次没有回音后，你也许会删掉那一个偶然在人海中拾来的电话号码，把那个偶尔认识的人完全淡忘。这个曾经的朋友便像人海中的一朵浪花，偶尔调皮地与你相遇，然后蒸发。你还会与新的人相识、相交，交换手机号、名片，你还会不断地让新朋友住进你的手机。

最怕的是突然有一天，你的手机不见了，号码簿上的朋友们似乎一下子全部消失了，你的心也空掉了一块，尤其是那些亲朋好友或老同学的号码不见了，就像不见了珍贵的首饰，令人难过，但还能通过其他方式寻回，而那些浪花般有缘邂逅过的朋友，因一次偶然不见了他们的号码，这一生也许你永远不会再与他们相遇，虽然心里也会觉得可惜，但就像每天梳头掉几根头发一样，并不太在意。可是，某一天，你的手机会收到一些陌生的节日问候短信，你会不好意思问对方是谁，只是回复一条祝福的短信过去。几回这样的“匿名”交流之后，这个也许曾经熟悉的陌生号码就不会再来短信。这时，你会遗憾，但并不会难过。这些流水般的友谊，落花无情，还有花开的。

最让你受不了的是，某天想起曾经有一阵子相交频繁的友人，于是满怀热情地打电话给他，他居然在电话中来一句：“喂，你是谁？”你的热情骤降到零点，根本没有心思再说什么，神伤地挂掉电话。也许对方早已把你的电话号码删掉了，也许对方也是因为手机被盗或者是换号等原因丢失了你的号码，反正你不再是住在他手机里的朋友。当然，你们就永远不会再成为朋友了。

有时你不甘心，会发条短信，告诉对方你是谁，对方会解释，因换新手机了，还没来得及把你的号码复制过来，没听出你的声音，对不起。这些理由也会让你的热情打折扣，毕竟是萍水相逢啊。世态炎凉，谁又能记得谁？你不过是曾经暂住在他手机里的朋友，确切地说，是手机里的过客，也等于他生活中的过客。心理上的疏远，被忙碌的生活再打一次折，这份友谊就算彻底出局了。

我们的社交圈子在扩大，交往目的常常明确，点个头的熟人渐渐多了，交心的友人却渐渐少了，是人们的情感出了问题，还是发达的通信惹的祸？我们的友情像快餐一样，来得快，去得快，我们抱怨知音难觅，却没有想一想我们花了多少时间和心情去经营友情。我决定把居住在自己手机里的朋友再迁移到纸质笔记本中，备一份。能被人备份号码，友谊也就被备份了，如果对方也会像你一样，把你的电话号码备一份，那么你们的友情就会在浪潮汹涌过后，成为留在岸上的最值得珍藏的贝壳。而你我，不再只是住在对方手机里的朋友，而是住在对方的生活里，甚至生命里。

chapter 2

第二章 有些人 他们不敢爱

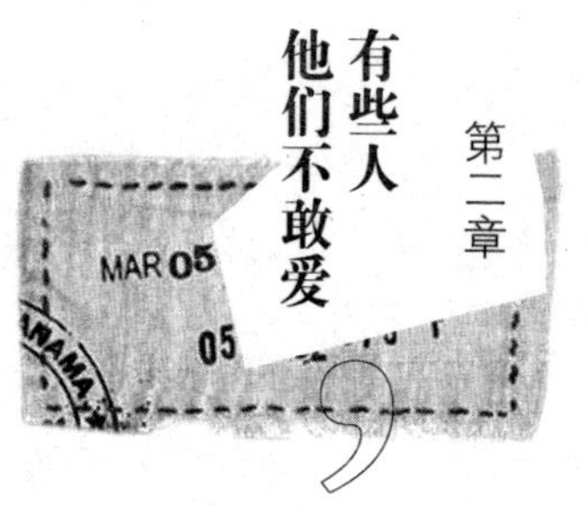

在爱的世界里，我常常觉得，我们可以爱这个人，也可以爱那个人，我们用各种各样的爱来填塞我们的精神世界及物质世界。但是无论我们爱谁，其实我们最爱的人是我们自己。

因为害怕被遗忘，害怕自己没有归属感，所以我们拼命去抓住一个人，其实抓住的是自己的渴望。

因为我们太爱我们自己，不舍得自己难过，不舍得自己哭泣，我们保护自己，用爱的名义去爱别人，为的是这份爱能够得到回报，而这个回报才是自己最想要的，一旦得不到，就会对这段关系失望，也许不是对方的错，而是自己要得太多。那些温情的笑容、关切的眼神、掏心窝子的话语，我们需要从这些中得到肯定自己的价值。死命肯定自己的过程，也是爱自己的一种方式。

01 单身男女：当单身成为一种习惯

从扬洋

晚上参加了一个陌生的单身聚会活动，和一群单身男女一起，吃吃喝喝，游戏聊天，好不快乐。谁也不认识谁，所以放肆地张扬，放肆地忧伤，也放肆地快乐。然而，回来后却陷入了另一种恐慌。

这种恐慌无关于单身，而是关于这个城市的恐慌。

“单身”是这个城市一直在流动的主题。无数的男女或宅在家，或在寻觅，但一直单身。他们一直在扬言找对象，一直在讨论单身，一直在被介绍，但却依然在单身大军中游荡，从 20 岁到 30 岁，从年轻到中年。然后开始恐慌，对的那一半到底在哪里？然后开始自我安慰，缘分这东西强求不得，到了这个年纪，也急不得了，随遇而安吧。

我看着这个群体里有些称“80 前”，还有些称“80 后”。要有多大的勇气，才敢说我是“80 前”，和 1980 年沾沾边，而去逃避掉“我是 70 后”这个伤感的句子。1980 年出生，现年也已 33 周岁，在北京不算大，但在恋爱史上绝对是剩下的了。然后出现在单身聚会上，有或没有幻想，或者只是来玩玩，和一群志同道合的人在一起玩一玩，开心一下。然后听着同时聚会的人自我介绍：我叫 × ×，“90 后”。不知道听到的人该是何种心情。

我对年龄没有多大的概念，却在这个群体里感到一丝的悲哀。

辗转过无数男人女人，在岁月里被蹉跎着，幻想过无数爱情，最后却落得空空。然后开始游走于“百合网”“非诚勿扰”，更多的是这些默默无闻的、接连不断的单身聚会。其实在参加的时候，已经无数次地告诉自己，这里不会找到，虽然还是寄最后一丝自己都不愿意看到的希望。更多的是，在这种单身交友活动中，喜欢表达一下最后的自己：网名、籍贯、星座、年龄、择偶标准。然后听着另外一群和自己一样的人的故事，获得一丝安慰和认同感。我在这个城市，并不是特殊的。还有这么多人和我过着一样的生活，和我有一样的生活现状。在这个群体里，我是很正常的，于是找到归属，找到了自己的生活圈。

每个人都有自己的生活圈，单身群体也有着单身群体的生活圈。他们不乏能力，在各行业里都能成为一枝独秀。他们不乏才华，在这群体表演里个个身怀绝技。他们不乏表达的能力，他们很清晰地表达出自己的状况和择偶的标准。但是一次次单身聚会，主角依然还是他们，在这个本属于陌生人的聚会上，他们一次次熟悉起来，一群熟悉的朋友彼此打着招呼、开着玩笑，然后让几个新加入的人感觉有些格格不入，不知所措。

我是一个新加入的人，刚去的时候，看他们彼此熟悉地问候着，而我却显得十分多余，全部是陌生的面孔。我只是短暂地停留，并不想沉溺于其中。只是更加好奇，为什么这些人一直在寻找，却一直寻不得。当我提出这个问题的时候，他们和我一样好奇。

他们的标准并不高，并不是在要求一个“高富帅”或者“白富美”，他们想要的并不完美，只是要求投缘或者有感觉。他们要的很简单，却一直在单身。他们说自己很宅，或说自己的社交面很狭窄，他们有很多理由支持找不到心仪的另一半。

这是我第二次参加这种活动，我也在询问着自己，是什么支持我第二次来参加呢？我给自己的理由是好奇。第一次参加的是桌游，第二次参加的是聚餐。但是我又发现，远非如此。在这个群体里，有另外一种动力在左右着我。参加这两次活动，我没有学会打牌，没有学会三国杀，也没有学会“杀人”游戏，但我还是喜欢这个群体。

我想他们也和我一样，被一些东西所吸引。

所谓的对单身的摆脱的渴望，只是一种说辞。我们常常有太多这种说辞，一方面说渴望挣很多钱，另一方面却讨厌钱的罪恶；一方面说想离开北京回家，另一方面却在北京一待就是很多年；一方面说该锻炼身体了，另一方面却躺在床上等着这种想运动的冲动离开；一方面说想恋爱了，另一方面却陶醉于单身的快乐中。

单身是一种习惯。有时候明明知道有些习惯不好，却迟迟不愿意去改，有些时候，当习惯称为习惯的时候已经意识不到是一种习惯了。单身的理由有很多：我是做技术的，认识人少；我初中毕业，学历低没人要；我年纪这么大了，好男孩或好女孩早就没了；如此云云。然后又去参加单身活动，和另外一群单身的异性在一起，讨论着我们彼此想要的另一半。有些世俗的观念在影响着我们，譬如说年纪大了该结婚了，父母在催了，自己也着急了。然后又给自己一个坚实的理由，像我们上面说的：找对象不容易找。其实，最终，我们还是陶醉于一种状态：单身。

当单身成为一种习惯的时候，我们习惯这个世界上只有这一个人，虽然有时候有些着急，但一群着急的人在一块儿的时候就不着急了。因为我的单身在这个群体的情境下，成为了一种常态，并且乐在其中。

我喜欢一直保持着单身，到哪儿都说，网名、籍贯、星座、血型、择偶

标准，然后看着一堆异性猜测着可能性。我喜欢和一群单身的人叫啊喊啊玩桌游玩到最尽兴，然后开开心心地做自己想做的事情。我喜欢自由，无拘束，开放，喜欢和一群老朋友或陌生人随意聊天游戏，喜欢没有压力。

当我这么说的时候，未必会有人认同。因为他们真的是渴望摆脱单身，只是机缘没有到。在工作中，我们都有坚定的信念，只要去努力，就一定能做到。为什么恰恰到了感情这儿无计可施？任何一种状态，只要在持续且没有被摆脱，那么这种状态必然有吸引我们的地方。

温柔不是问题，男人味也不是问题。

问题是，我们是否真的想找到，还是只是幻想我想要。

想起了那个古老的故事。在洪水暴发后，某人虔诚地说，“上帝会来救我”。船来了，他拒绝上船并且说上帝会来救我。飞机来了，他又拒绝登梯并说“上帝会来救我”。结果，他真的去见了上帝并且责怪上帝为何不救他。上帝只是轻言轻语：“我救了，只是你不要。”

那个理想的伴侣，上帝一直都有给。只是，我们不要，而在期望以另外种形式出现，以一种庄严的、浪漫的、神圣的或其他的方式出现，然后呈现在我们面前，并且说：“他就是你要找的人。”

可惜上帝没有这么做。

上帝只是把他放在不起眼儿的拐角处，而你却不曾认真地看他一眼，只是仰头大叫："我的他，在哪里？"然后继续低头流连于单身聚会之间。

有的人说，自信或自卑，或真的是因为某某原因。但是，我不相信。真的想获得的时候，大千世界，总能获得。感情和工作一样，有天定的成分，但更多的是人定的。除非你像坐在河边的路人一样，对着河岸说："啊，亲爱的彼岸，亲爱的彼岸你过来吧，我想领略你的风光。"对他来说，坐在这儿不动的好处要大于走到对岸去看风光。

那么对于你呢？你坐着不动，是什么吸引了你，让你宁愿在这坐着，也不愿意走过去看风景？

你看，人生和城市都这么好笑，一面要，一面又不要。

02 有人对爱望穿秋水，有人视爱为洪水猛兽

沈万久

最近，我身边有不少朋友结婚了，这是一个好现象，虽然他们之中有一小部分是因为姑娘肚子大了才仓促成事的，但这丝毫不影响他们脸上写满的幸福和我对他们的祝福，即便这种祝福带有一丝幸灾乐祸的意味。

另一个“最近”，我发现身边的一些女性同胞的年龄开始大了，奔三在即，迟迟无主，一副花木兰的架势，要不就是女强人的干劲，白天人前坚强，晚上孤影垂泪，开心时斗志昂扬，伤心时梨花带雨，最麻烦的是生病，甭管大病小恙，总之是千万不能生病，要是因为搬家或是加班太累所导致的生病那可不得了，用她们的心声来说就是——真恨不得随便找个雄的嫁了得了！

从以上的两个“最近”发生的事情可以得出这么一个结论：虽然我不太愿意，但我也跟身边的朋友一样，懵懵懂懂地就一事无成地活到了快要结婚的年龄，这真是一件让人沮丧的事——当然，这个结论并没有什么价值，有价值的结论就是，不知从何时起，都市里出现了两拨人：一是“恐婚族”，视婚姻为洪水猛兽；二是渴婚族，又叫作“圣（剩）斗士”，对恋爱望穿秋水。

两个人在一起谈恋爱，日子久了，套用“幸福的家庭只有一种，不幸的家庭却有着千千万万”的道理，结婚的理由似乎也只剩一个了，不结婚的借口倒值得好好琢磨：有想着骑驴找马的，有“若为自由故，婚姻皆可抛”的，还有暗自盼着初恋或前任情人回心转意的……诸般理由，不一而足，却头头“似”道。

一个人独自过日子，日子久了，借用“孤独是一个人的狂欢，狂欢是一群人的孤独”之喻，就会发现咸淡也好，苦辣也好，都得自己品尝，不管你有多少朋友，朋友有多么交心，也甭管你有多少亲戚，亲戚有多爱你，真正一个人过日子的时候就像是在做梦，不管是 Sweet 的还是 Horrible 的，都得自己去做，没人帮得到你。

不可否认，伟大的人类虽然直立行走了这么多年的路，但依旧未能脱离动物的本性，总会有无助、彷徨、脆弱且缺乏安全感的时候，总希望有人可以风雨同舟。相濡以沫并不是神话，找对人扎堆总是硬道理。

众所周知，恐婚者多半为男性。在某网站对恐婚的调查中，53.67% 的男人承认自己有恐婚倾向。考虑到男人是撒谎的动物，这一数据还得往上走好几个小数点才靠谱儿。究其原因，作为男性同胞，我是有发言权的，起码能代表部分男同胞发言——正如每一种恐惧总能找到一个根源，而且其往往是发生在

小时候的一样，恐婚之源头或许也应该从小时候找起。

记得小时候在男孩圈里常常有这么一个说法，说谁要是结婚了，就是给一辈子套住了，即吊死在了一棵树上。这个说法让我们从小便对结婚没有好感，不管这棵树是州长的女儿还是奥地利的公主，性质都一样，总觉得一个人完全没有了自由，一辈子就这样过完的感觉。现在想起，虽然恐惧犹在，但其实领证前后的日子还是一样地过着，有理想的继续追，没理想的继续混，真正的差别是什么，谁也说不清。

与“恐婚族”不同的是，“渴婚族”则多半为女性。据“百合网”网络数据统计，一、二线城市的剩男和剩女的比例为3∶7。数据虽不能尽信，但多少值得参考。这么多“剩女”，要是放在古代还是比较好对付的，一夫多妻制，现在可不行，女孩子家都顶着半边天了，你要是敢二妻（更别说多妻了），咱宪法不治你你也别想过半天好日子。

如你所知，每个人都会老，都会有晚景，都有踽踽独行老掉牙扶拐杖的时候，作为一名“剩斗士”，随着热闹的生日过了一个又一个，一方面乐观地坚信总会嫁出去的，另一方面又忍不住在心底暗自勾勒出一幅凄凉的晚景图。如此矛盾之下，难免会有“病急乱投医”之冲动，后果很可能是没把病治好，还错过了真正的好医生。

对于恐婚者来说，被逼婚时他们常常拿来挡箭的一句话是："呃，这个啊，缓缓，还没准备好。"逼婚者往往会怒斥道："说你还要准备啥啊？！都准备了这么多年了！"由此可见，"准备"在这里成了男女双方博弈的关键词。

既然是关键词，所以有必要多费些笔墨。一般说来，"准备"可分为物质准备和心理准备，说到物质准备，就不得不提到房子。在中国，对于绝大多数人来说，有房是结婚的必要条件，有车的话条件就更为充分了，但现实生活中这两大件都不是那么容易获得的，即便是买彩票，中的人也都说了，得买上几年才能有这运气。

至于心理准备则更为复杂了。比较普遍的一种观点是："恋爱是两个人散打，婚姻是两家人群殴。"意思大家都懂，我也没必要解释了。话说回来，其实以上两种准备都是小事，是局部，是一盘菜里面的蒜瓣和姜、葱，最可怕的是辛辛苦苦拼掉老命把两种准备给办妥了，却突然发现眼前的这个人不是自己一辈子想吃的菜，那才真要命……

对于"剩斗士"而言，如果说一天到晚给家人逼婚的感觉尚可应付，那么四处把自己当作商品一样推销给任何一个异性，好不容易争取到的面试机会却

被爽约或是几句话对付完的感觉可不是一般的好受。当然，自己爽别人的约和用两句把人打发走的感觉也照样好受不到哪儿去。好不容易在酒吧里逮到个对上眼神的哥们儿，可一深聊发现其年纪比自己小一手掌，而且人家压根儿不是奔着组建社会“细胞”的，说得好听是要体验新的恋爱生活，说得难听就是想找个成熟些的性伴侣。

然而，对于一个“剩斗士”来说，最可怕的是为了结婚而结婚，直接从认识期省略恋爱期冲入婚姻大堂——这无异于饮鸩止渴。更可怕的是结婚之后明明知道不是一个路子的人还要凑合着过完，这就像是不顾一切地冲进了围城，结果把自己围在了暗无天日的荒城里，从此随波逐流，岂不呜呼哀哉！

佛说，十年修得同船渡，百年修得共枕眠。当然，我们不是想宣传前世今生的因果循环。我真正想说的是，过日子跟电视剧不一样，特靠谱儿的反而不靠谱儿，不完美的才是更完美。

古人还教我们，有花折时堪须折，莫待无花空折枝。这话的意思是让我们一定要了解自己到底是什么菜，珍惜好时机的人方能活得更灿烂。当然，也不能说看到花就伸手，不管是不是自己爱的花，不论是不是手上已经摘了好几枝花了——须知道，这种后果只能用 6 个字来形容，那就是：玩火者，自焚之！

03 越长大，越难和另一个人在一起

越长大，越难和另一个人在一起。

不是因为条件。

还是有人喜欢你，你也活得比以前更好，不再那么任性，更像是在投资的艺术品。

也不是因为对爱情死心。

在 KTV 突然听到的某首歌，会让你情不自禁地模糊了视线。

一些场景，一些气息，始终无法忘怀。朋友帮你介绍时，你也会满心期待。

你却依然单身。

闭上眼睛吹蜡烛的时候，总是希望身边有另一个人一起许愿。在一些客气的场合，有人来搭讪，话题围绕着你单身的原因。而他们最后给出的结论是，你太挑了。你在心里面笑，难道其他人都不挑？

其实你自己知道，为什么不能好好谈一场恋爱。就是因为，你太清楚自己是怎样的一块料，所以不会再轻而易举地把自己交出去。就像是有一天你发现跌倒以后磨破的伤口，会留下疤痕，于是走路时不敢再大步跨出去。

因为，你的惯性太强、记性太好。认识一个人很简单，忘记一个人却很困难。你曾经心满意足地闭上眼睛，让另一个人带你去任何地方，最后却差点儿回不来，所以不能再失去方向感。于是你就变得胆小了，以前打电话找不到人就拼命地打，现在发了短信没回应，即使心中有波动也可以忍住。以前最有兴趣的话题是对方的过去，现在会先关心这份感情有没有未来。

所以，空暇的时候，你宁愿和朋友在烈日下逛街，也不愿让对方觉得自己很在乎什么。你安慰自己，有朋友就够了，一个人生活也很好。如果有一天那个人出现了，你反而会开始慌张、害怕。

只是，你并不是一定要单身，就像你也没计划过一定用哪只手写字一样。不过是既然如此了，那就这样吧。你想要有人一起旅行，一起看电影。你想和那个人说自己准备好了，只是没有勇气，请对方多一点儿耐心。你想说不再需要太多惊喜，在心里等的是一份相守以望的感情，抬起头来相视而笑，安心地生活，如此而已。

04 还是有人喜欢你，可是你依然单身

丛扬洋

当各种交友活动和相亲节目在这个城市流行时，单身也在这个城市开始蔓延。似乎很多人都在为这个城市里单身的人们着急，单单这些单身的人们没有着急。

我想，单身无非就两个原因，一个是太看得起自己，一个是太看不起自己。如果还有第三个原因，那就是有时候太看得起自己，有时候太看不起自己吧。

我不知道我属于其中哪个原因，但我喜欢流连于这个群体中，和城市里的一群单身男女吃喝玩乐、胡侃乱侃，好不快活。有时候会将每个人的心理解析个遍，然后每个人都看着我惊讶不已，问“你怎么知道”。可是，到最后却都没有一丝改变。我开始问自己，也开始问着每一个人，关于单身这个问题你怎么看。

还是有人喜欢你，为什么依然单身？

我听到的回答总是那么几个，没有人喜欢我啊，对的人没有出现啊，云

云。我最喜欢的回答，还是一个朋友告诉我的，单身与喜欢无关。

每次聚会回到家，空荡荡的房间曾经无数次让我惆怅，我猜想他们会不会和我一样，每次出来玩乐啊闹啊看着活泼开朗的人好不自在，回到家关上门只剩下感伤，想有个人可以陪在身旁。可是也仅限于想想，依然单身。无论有多少单着的理由，其实都敌不过一句“对的人没出现”。至于对的那个人是什么样子，我想你并不知道。即使你固执地告诉我你知道自己想找的是个什么样的人，我也会固执地说，你并不知道。

除了那些你喜欢他但是他不喜欢你的这些特殊群体以外，他们知道对的人就在那儿，只是拥有成为了一种奢望。我很想谈谈对的那个人为什么一直都没有出现。

你最喜欢的事情就是等待，等那个对的人出现。你说都等了几十年了，还再差一两年吗？我并不这么看，几十年了都没有出现，说明这已经不是一个时间的问题了。在我们的生命中，遇到了各种各样的人，经历了各种各样的故事，时间给了我们足够多的机会，可是那个对的人始终没有出现。并不是我们要把地球上每个人都了解个遍才能确定哪个是对的人，或许是我们自己出了些问题，并没有准备好去迎接这个对的人。

世界上没有一个人是可以完全为你准备好，完全与你吻合的。所谓准备好的人，大抵都是他在某些地方特别吸引我，感动我，然后对他的其他的条件和特质，我都可以忽略掉，如此便可以在一起了，成为了准备好的人。

你那么怕错了，怕这是一个错误的人，怕这是一个错误的感情、错误的选择。你不敢去确定这是不是你要找的人，你甚至失去了去了解的勇气。所以，在你没有确定这是一个对的人和对的感情的时候，你不会考虑去开始。

你怕的还有很多，你怕他不靠谱儿，怕万一开始了，你陷进去了，你爱上了，中途他抛弃了你怎么办？那该有多受伤，多痛苦。有一次我问一个女孩，她告诉了我这样一个答案，不确定他会一直对我这么好下去，所以不敢去开始。我还见过这样一个女孩，喜欢她的那个男孩一如既往地对她好，包容她，接纳她，关心她。我知道女孩的脾气真不是一般人都接纳的。女孩的一席话却让我惊叹不已，他为什么会对我这么好？他在忍着他的脾气，就是为了得到，一旦他得到了，等她爱上他了，他就会爆发，不再有好脾气了。原来坏脾气是一种不爱，好脾气也是一种不爱。其实，无论是在试探还是在怀疑，你都想去印证一件事情，他到底会不会一直对我好下去，会不会中途把我抛弃了？如果不能确定这些，那么宁愿不要开始。她们坚信着，对的那个人会给她们一个心

安。可是感情这个东西恰恰禁不起这些考验和猜测，考验着考验着，始终看不到希望，继而绝望，感情就渐渐没了，最后，受伤。然后她们又印证了自己的怀疑：我没有选择开始是对的，他根本坚持不住，不会永远对我好。

人总是这么奇怪，越是不敢肯定的东西，就越是怀疑，越是怀疑，就越是想印证自己的怀疑，结果事情真的就那么发生了。不说吸引力法则会怎么讲这个原理，单单从心理学的角度讲，这个东西也很好理解：人宁愿去印证自己是对的，也不愿意去相信事实是好的。为了印证她们“他会中途放弃，会伤害我”的结论，她们会搜集各种迹象来证明，会不断地挑战来印证，结果真的就发生了。

对于这个问题，我也和她们有过交流，人家也会担心你不爱，会担心你中途放弃呀。在听到这样的答案后，我终于没有再说话：如果开始，我肯定不会放弃他的。

归根结底，这就是一个值得的问题。关于我值不值得被爱，值不值得被一直爱，当你内心觉得自己不值得被爱的时候，就会将这种东西释放出来，投射到别人身上：你不是认为我值得被爱吗？证明给我看啊。然后，无论他怎么证明，你都觉得不够；他怎么表决心，你都觉得他会变。自我价值是个很微妙的东西，我们常常感觉不到自己的价值感低，于是就寄托于外界来证明，通过外界来索取。我希望得到爱，但是又不相信爱，结果就是：当有人爱我的时候，我感觉很好，但是不愿意去开始这段关系，因为根本不相信这段关系能永远。

只是，没有尝试就没有永远，谁也不能保证你们会白头偕老。更何况，没有开始恋爱，就想到了60年后会不会还在一起。没有起步，就开始害怕结局。感情同样是件需要经营的东西，而不是需要被别人来证明的东西。他再爱你，你不经营，感情也会死掉。他不怎么爱你，你懂得经营，感情就会慢慢升温，然后永远永远地在一起。所以，你要做的并不是如何才能证明他会一直爱你，而是学会经营，如何让他一直爱你。

前提就是，只有相信自己是值得的人，才有勇气和力量去经营。因为他们会相信自己值得拥有一份持久且美好的感情，当你相信的时候才会发生。

为什么会觉得不值得？这与原生家庭有关。在一个缺乏安全感的环境里长大，在一个一直缺乏认可和关注的环境里长大，长大后依然缺乏，而且十分匮乏，匮乏到总是从外界要，却不相信自己值得拥有，所以不可能要得到。相应地，也就不可能拥有一段稳定的关系。

因为，一段美好的关系必然是两个人一起坚信，一起努力，相互支撑。关

系是一个系统，系统需要平衡才能维持持久。对于那些太看得起自己的人，我有时候会觉得他们很挑剔，有时候则会觉得他们很悲哀。一个优秀的人始终不能走入亲密关系，不知道是怎样一种心情。因为优秀，所以眼光高、要求高；因为优秀，所以不轻易放低自己去付出；因为优秀，所以认为别人理所当然地应该去追求他为他付出；因为优秀，所以常常曲高和寡。优秀，又何尝不是他们的一种悲哀？

这种悲哀还常常在于，当他去审视一个异性的时候，常常发现的不是哪儿好，而是这儿不好那儿不好。只要你去发现，你总能发现两个人不合适的地方，即使他各方面都很优秀，却发现他是个“凤凰男”，家庭太不好，然后认为在这种家庭中成长出来的男人婚后会有暴力倾向，买房子压力大，不想跟他远走他乡等理由拒绝。有时候发现条件与自己很般配的人，门当户对，郎才女貌，却又发现对方矫情、自私，不懂得尊重别人，体谅别人，甚至高傲，不懂谦虚。反正只要你去发现，你总能发现不合适的地方，于是你常常会感慨：好的那一半都死光了吗？到了这个年纪，好人已经被瓜分完毕了。

于是你也会常常惆怅、孤独。为什么那些生活艰难、条件比自己差的人都结婚了？而自己叱咤江湖多年，却依然孑然一身。身边追求者也很多，但是自已却始终不能接受。

太知道自己是什么的人，又何尝不知道自己要的是什么？生活，并不是跟一大堆条件去生活；感情，也不是跟一堆优秀去恋爱。自己挑来挑去是为了什么，恐怕自己也忘了，只知道在挑啊挑。当别人问的时候，你会偶尔惆怅一下，其实自己想要的人要具备哪些优秀，不过是以为这种人能给自己一种想要的幸福，要的是一种简单、幸福的生活，不必太累。可是这种生活又该如何获得？是不是找到一个理想的、靠谱儿的、优秀的人就有了呢？显然，这只是帮助你获得想要的幸福的途径之一，外在的条件只是辅助你获得这种幸福的一小部分，更重要的则是你的内心，你想不想拥有这种幸福，以及你值不值得拥有这样的幸福。那么，既然要的是这种幸福，是不是不具备外在优秀条件的人就不可以给到呢？

不停地漂泊，习惯地寻找，艰辛的奋斗，常年的缺失，或许已经让你麻木和忘记了，自己想要的究竟是什么。有时候我会去想，为什么你会用挑选来选择对象，是不是正是因为不知道自己要的是什么了？是不是封闭了自己的心，没有办法接收到温暖，没有办法感受到安全，所以才会寄托于外在的条件去寻找，希望有些外在的条件可以给自己这种踏实的安全感？是不是想要的这些安

全、这些温暖、这些感动，只有符合自己的标准了，才会觉得可能。

七仙女爱上董永，奋不顾身，织女爱上牛郎，不顾一切。有的人很好，你很想爱上他，但就是做不到。有的人没那么好，可你就是没法儿不爱他。当感情真正发生的时候才会发现，一直想要的东西与条件无关，与优秀无关，只与自己的心有关。把心打开的时候，有一个人进来，你会发现自己心灵的缺失，很容易满足。

挑剔，又何尝不是一种价值感低的表现？要通过优秀来证明自己，要寄托于优秀才能获得爱。而真正获得爱在于自己，在于自己的心有没有敞开。自己可不可以给到自己安全，自己可不可以给到自己爱。当你敢于正视自己真正需求的时候，往往你发现，感情是个很简单的事情，无须刻意，无须筛选，无须防御，一切都水到渠成地发生了。

所有爱的发生都建立在你准备好自己的基础上。

有些人是因为太受伤，所以才会放弃了自己，封闭了自己，将感情弄成了一种任务，一种必需的选择，却将能爱的心锁上了。因为过往，因为爱过，因为痛过，所以不愿意再去相信，不愿意再去敞开，不愿意再去付出。故事都曾有过，但是伤害应该成为我们反思自己的原因，而不是封闭自己的原因。经过了那么多的痛，我们还是长大了。经历了那么多委屈，那么多无助，那么多无奈，那么多身不由己，我们还是长大了，而且还活得很好。又有什么伤害是我们不敢面对，又有什么理由不让我们去敞开自己的心呢？

还是有人喜欢你，虽然单身与喜欢无关。但是你完全可以准备好，来迎接一切可能的发生。

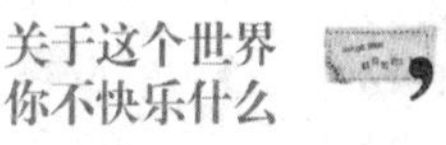

05 我们爱上的第一个人是自己

有一种观念一直萦绕在我的心中，我不敢跟别人说，怕别人觉得我是自私鬼，但是我还是说出来了。

在爱的世界里，我常常觉得，我们可以爱这个人，也可以爱那个人，我们用各种各样的爱来填塞我们的精神世界及物质世界。但是无论我们爱谁，其实我们最爱的人是我们自己。

也许有人会觉得我太偏激了，我不会跟你争论，因为我确实也相信这个世界上有一种爱是无私的，是大爱。

我这里想说的是我个人的小想法，一个在心里长草的小想法，仅此而已。

因为害怕孤单，我们需要家人、朋友、恋人，我们希望从他们那里得到爱，是想让自己不再孤单。

因为害怕被遗忘，害怕自己没有归属感，我们拼命去抓住一个人，其实抓住的是自己的渴望。

因为我们太爱我们自己，不舍得自己难过，不舍得自己哭泣，我们保护自己，用爱的名义去爱别人，为的是这份爱能够得到回报，而这个回报才是自己最想要的，一旦得不到，就会对这段关系失望，也许不是对方的错，而是自己要的太多。那些温暖的笑容、关切的眼神、掏心窝子的话语，我们需要从这些中得到肯定自己的价值。死命肯定自己的过程，也是爱自己的一种方式。

我的物理学得不好，但是我仍旧记得能量守恒定律以及力的相互作用。一个力作用于另一个力上，需要同等的力与之相平衡。所以，无论是亲情、友情、爱情，我们需要这种守恒，才不至于筋疲力竭，才不会歇斯底里质问彼此付出了多少。我们希望最终那个力作用在自己身上，最起码我希望这样。

为什么很多恋人恋着恋着就开始厌倦？因为他们爱自己太多，因为得不到自己需要的，所以就会放弃眼前的这个人，再去寻觅。有人曾跟我说，他觉得他太不适合去当一个男朋友、丈夫。我当时很诧异，为什么一个人会如此评价自己？但当我想明白上面所说的，我似乎找到了一些理由，因为你爱自己太多。

我们爱自己，没有错，我们爱自己多一点儿，也没有错，我们孤零零一个人来到这个世界上，终究也会孤零零一个人离开这个世界，我们为什么不能好好爱自己？与其去牢牢拴着一个人，还不如好好珍惜自己，免得心被烦忧，免得世界被叨扰。

我们爱上的第一个人是“我”。“我”会陪伴我到永久，不离不弃。“我”不是我的影子，“我”是我的太阳。

06 你是否有一份真正好的爱情

冷眉

在另一个城市的大学同学路过我这里，约了一起吃饭叙旧。三年未见，当我在餐厅见到她时，不免有些惊讶。她皮肤暗沉，眼神幽怨，紫黑色的长裙裹着瘦瘦的身体，见面后的一笑透出几许落寞。菜还没上齐，就哭成了一个泪人。她还纠缠在大学时的那段恋情里，既不舍得放弃，又无法走入婚姻殿堂，而转眼自己就成了二十又八的大龄剩女。

她的这段恋情我自然是知道的，也充当过一个阶段的见证者。虽不是初恋，但相逢于青春时期，他们也算有过一段单纯的好时光。他出身农村，对未来的期许甚高，恋爱的甜蜜期过后，分歧就出现了。她不是个爱学的女生，面对他屡屡提出的优秀要求，总觉得战战兢兢。毕业时他考上了公务员，她落了榜，又是一番争吵，她终于提出分手，却不想他痛哭流涕地跪下了，道歉、认错，说不该勉强她的人生，只希望两个人都能奋斗云云。她也想起两个人过往的种种，跟着他奔赴了另一个城市。

再往后的故事大多是她打电话说的。她一直难觅一份可心的工作，而他的事业虽稳定，却没什么大发展。家里人想让她回去，她也动过念头，但每次他都会大发脾气，说她不求上进，对他不信任，看她哭得跟泪人一样，又下跪恳求她不要离开，为此，他在她面前打过自己嘴巴，硬生生地把手砸向茶几，血都滴到了地板上。

我问她为何不弃，爱情已成这般模样，如何看得见美好的未来？她摇摇头，沉默良久，说不舍得。是啊，自古爱情被颂扬得总是辗转反侧求而不得，牛郎与织女的错过，是泰坦尼克的生与死相约，不猛烈、不悲惨、不哭泣都不足以表明这份爱情的纯度。悲剧的力量就是让人立马有了崇高感，有了借以献身的冲动，疼痛多一分，不舍就更重一成。

所以，总有那么一大把好姑娘沦陷在这样悲剧的爱情里，日日愁眉，夜夜不能眠。不舍得的是什么？那些辗转的夜晚，疼痛的心情就像毒品，欲罢不能，这毒瘾是暗藏在崇高里的迷幻，以为自己是救世主，以为对方的世界缺不了自己。又或者还有不甘心，就像两个人玩跷跷板，我付出那么多，对面的那一个人却总是轻飘飘，你想终有一天能压过对方，至少游戏不能在我还想扳回局面的时候就戛然而止。再或者，我还明白，深陷一份不好的爱情里的女孩还眷恋着曾经真切存在过的一点点好，因为数量稀少，尤显珍贵，是无数暗夜里

一遍遍点亮自己勇气的珍珠。就像我的同学，说起他曾为了给她买一件生日礼物而吃了半个月的馒头加咸菜，总是泪水涟涟。但无论这暗夜珍珠多么闪亮，我都想说，姑娘，你爱错了人，也错看了爱。

在这个世界上，真的存在另一种爱情，没有撕心裂肺的疼，没有你来我往布满荆棘的试探，也没有你若分手我便上吊的惨烈。这种爱让你感觉安心、踏实，不纠结，它不会让你患得患失，或者妄自菲薄。这样一份好爱情就像一锅好汤，是养人的，给予你从身到心的体贴和照顾。让你越来越自信，气质越来越美好，如岁月酝酿的美酒。你的腰身越来越丰润，眼角纹也在悄悄地加深，但别人却觉得你越来越美丽，周身散发着令人愉悦的正能量。拥有一份真正好爱情的女人内心会很宽厚，对他人的不幸有发自真心的怜悯，对朋友的风生水起有一份不善妒的胸怀。

记得毕淑敏讲过一个向她问诊的女孩，女孩被一个男孩热烈追求，她不明白自己的心，犹犹豫豫不肯接受。男孩便割破了手指，写下一纸带血的承诺。这一片红刺了女孩的眼，乱了她的心，她问："这是不是说明他很爱很爱她？"毕淑敏给出的答案是否定的。当年 18 岁，读到这个故事时只是深深地记得这个结论。后来那些年，我也曾在贴满各种标签的爱情里迷茫过，才慢慢有了感同身受的理解。任何一份让你觉得不安、有被裹挟的窒息感的爱情，都不是一份健康、良好的爱情。那些被爱重伤的痛值得铭记，却不值得坚守。

判断一份爱情的好坏很简单。你的嘴角是不是经常流露出如春风拂面的笑容？你能否愉快地接受一个非常真实的自己？不论走到哪里，你是不是都知道自己的心在何处？如果答案都是肯定的，那么这就是一份真正好爱情的模样。

07 我们遭遇一个消耗爱与热情的时代

十二

周末朋友兴举行婚礼，遇到好久不见的丸子小姐。我拎着两桶从香港带的奶粉递给她，她望了望说：“嗯，没有买错。”然后又问：“帽子呢？”我说：“昨天回来之后，不忍心吵醒他，于是自己从火车站回家。到家了，他还在睡，就见了那么一面。他起床上班，我收拾满室狼藉。然后加班到现在，一夜没回来，还没有见到第二眼。”然后我又问她：“包子呢？”她说：“送我到酒店门口，然后就又去加班了。”

听到她说那句话，我竟然笑了起来，她不明白我在笑什么。听到那个“加班”，不知怎么感觉我们两个坐在婚礼席上的师奶是那么的惺惺相惜，那种无悲无苦的语调居然触动了笑点，很有点儿领悟到金圣叹死前写那封遗书的感觉——“吾儿，花生与豆腐干同嚼，有火腿味。”

我与丸子小姐性格迥异，在某一点上却很有缘。差不多的时候开始恋爱，差不多的时候先后脚结婚，找到的两个男人差不多的忙。唯一不同的是，她已经是半岁孩子的妈了。

一年的时间，翻天覆地，然而不这样还真不知道自己的心性可以有多大的延展性。她习惯了一个人带娃，一个人喂奶，一个人在喂完奶、哄完孩子之后洗尿布、洗衣服，一个人搞定关于孩子的大大小小的事情，把娃养得白白胖胖，让我们一群围观群众叹为观止。这是那个曾经辞职时写邮件痛批领导和老板的姑娘吗？这是那个一直把自己娇惯在少女情怀里的姑娘吗？这是那个情绪脆弱爱搞冷战把我气到摔门出去的姑娘吗？生活催人熟，速度远比你想象的要快。

我是比她好过得许多。这么多年独自生活的经验已经让我习惯了能把一切大小事宜安排得井井有条。下了火车，拿起抹布，很快能让乱七八糟的屋子豁然清洁、明朗。习惯一个人站在火车站飞机场的出站口，拎着行李没有谁等在那里，也不会浪费一点儿感情去伤怀。习惯把自己的事情解决得不用让任何人操心，即使是一群人出门，也如管家般安排好酒店、饮食、交通等大小琐事。这或许应该感激我的父母，他们似乎一早就打定主意，迟早会把我交托给外面的世界，于是从没刻意有一丝娇惯和纵容。

丸子说，你至少还能出门，而我一天 24 个小时连轴转，出门去趟超市也得百米赛跑。这句话让我词穷。我想说，谁都有自己的苦楚，然而又很难把这句话理直气壮地说出口。将熟未熟，就似乎已经到了人生中最艰难的时刻。我只能安慰她：明天一定不会辜负你的。你是把苦吃在了前头，以后定然享乐也

在前台。她在黯然的夜里回复我说：好多时候，我觉得好难看到希望。

人到中年，比起年轻时更容易呈现一种捉襟见肘的感觉，对时间的捉襟见肘，对精力的捉襟见肘，对信心的捉襟见肘。这是中老年人为什么那么容易艳羡青春的原因。在这种捉襟见肘中，很容易怀疑和迷失，却又不能丢了中年人的颜面，仍要撑住维持住那一点儿风光，可这时代却不停地加速推进着这种捉襟见肘。

年少时，对方让我们感到不满意的时候，可以随时撂挑子、耍性子。可是到了如今的年龄，自己委屈的时候，何尝不知道对方也是一样的委屈？你若不心疼他，又有哪个旁人会去心疼他？你若时时埋怨，又有谁能时时忍住委屈来安抚你。若彼此都把那股怨气还给对方，又有谁来替你维护那初衷不忘？谁有错呢？谁不想把最好的时光献给最值得的人？

说到底，谁叫我们遇到这个太喜欢消耗爱和热情的时代，以及在这个时代中处处捉襟见肘却要维持住风度。他们被所谓的前途消耗，我们被所谓的生活消耗，谁也不占谁上风，谁也没有讨到多少便宜。然而，这就是生活。

在难得的都有闲情的时光，我们也时常畅想关于未来的那个田园的梦。在江边或者在山边买个小房子，都很好。住江边可以看暮气升沉，吃过晚饭，牵着娃的手，老老少少到江边散步。住山边一定要有个大阳台，种遍各种绿植花草，迎着风看晨光里的露珠，等待日光逐渐喧嚣起来。

这似乎关于生活的一个共同的信仰。为了这个信仰，我们心甘情愿地被消耗着，好像在敌营里盼解放的地下工作者一样，看似风光无限，其实心怀另一种梦的焦灼等待。可是在光明到来之前，是否还能余留着那份爱与热情看朝夕？这个定数谁也不知道，只能看谁更坚定，更谨慎，更努力，更有运气。

尽管如此，我却依然认为，这是一个算得上幸福的状态。有期待，有信仰，有默契，各自担着各自的甘苦，怀着最大的诚意与耐心为着以后努力。这何尝不是悲观中可以享有的最大乐观？

我的文字从多年前渐渐形成了一个奇怪的逻辑。在无法排遣的负面情绪面前，我拿起文字做武器，却总能找到最后的晨曦。所以，我是真乐观，还是真悲观，真是件仁者见仁智者见智的事。

我与你们都一样，能看到所有足够悲观的点滴，甚至比你们的感官更为敏锐。然而，一个人注定的善良和气度，始终能挽救她于倾颓之前。我感激这种赋予，我遇到了一个同样好的盟友，以及无数同我一起抵抗着消耗的人。

我说的幸福是一件很微妙的事情。因为幸福的人生本身就是一件微妙的

事情。因为那庞大的消耗，它逐渐微妙得难以捕捉、稍纵即逝。婚姻，甚至亲情、友情、爱情，我们曾经视为贵重的每一种感情都在经受着这种考验。越是贵重，越是变得脆弱，也就不足为奇。

木心说，当一个时代的巫术、神秘能量风行，那必然是看不到天才的时代。我们的脆弱，时常只能寄居在一些无法言说的力量上。佛祖、八字、星座、血型、风水又或者外太空，这些永远不可能有终极答案的答案，因其短暂抚慰，变得盛行。天才在还没有升起之前就已经陨落。

这个国家貌似日益强大，只有我们自己知道，我们每个人付出了怎样的代价才换得了这种前进。是对个体心灵的强烈摧毁又重建，是对每一种感情的挤压变形，是对精神世界的无数否定与打击。每个人都是施害者，却又是被害者。这种轮回，早已见端倪，但是每个人都无能为力，只能守护好自己的疆土，寸土必争地守护我们的爱。

且不再谈要幸福让所有人都为之动容。我这样微小的平凡人只求在这样的战役面前，能保持着足够的能量，携手寸土必争，守护好我们的家。我只求还能贡献一点儿能量给予身边我爱的人们。我们生在这个时代，是宿命。是悲是喜，在未来每一个幸存者都将是胜利的。

祝福所有人。

08 爱情里，什么才是你最想要的

扭腰客

我们一直都喜欢问问题，尤其是在爱情里。随便揪一个出来，就很纠结。比如：为什么大多数时候新欢总是比不上旧爱？习惯性地百度了一下，显然没有答案。一个朋友随口抛出：那是因为我们总是在新面孔中寻找旧爱的影子。听到她这句话的时候，我虽然表面上不动声色，暗地里却拍案叫绝。

朋友总喜欢用心理学原理来诠释芸芸众生：某种程度上，爱是一个悲剧，因为一个我们以为自己永远爱着的某一个人，大多数情况下只是我们幼年依恋、少年梦想、青春渴望中混杂着的依附、叛逆与激情，慢慢在内心建构的主观性的客体影像。这个“客体”实际上是本我、自我、超我对性与爱解读的混合体，它让我们的精神、身体、欲望哪儿都爽，却不敢爽得很彻底，压抑中的快感、道德上的束缚，以至于我们从未真正地满足过自己。我不得不承认，她侃侃而谈的时候的确很有范儿。

白马王子、红颜知己，世界上的另一个我，双面维罗妮卡，窃玉偷香，举案齐眉，幕天席地野合交欢，芙蓉帐暖鸳鸯成对，玉体横陈香汗淋漓，花心轻

拆露滴牡丹开，现在的婚前性行为，一夜情、同居、闪婚、偷情、外遇等，还有狗日的处女情结，莫不是源于我们自己的臆想。这些真的是你想要的东西吗？我们总是抱怨世界的丑恶，却没有想到是不是我们自己把它想象得太过美好。

精神分析认为，伦理与社会道德的压抑使这个客体变得既可爱又狰狞。那么，当一个人的容貌、身材，甚至某种行为、言语、头发上的气味激发我们内心对那个客体熟悉的亲密感时，我们会把压抑的情绪（被合理化为爱）不假思索地投注给对方，以为是对方给你带来的狂喜，其实这种喜欢来自内心曾给你带来隐秘快乐的客体，也就是我们自己对爱情的建构与幻想。说得通俗点儿，就是每一个人都有自以为是的爱情。

新欢也好，旧爱也罢，大多数时候，我们不是在爱着自己的伴侣，而是我们自己。谁谁谁又恋爱了，谁谁谁又失恋了，谁谁谁又哭天抹泪了，谁谁谁又心理咨询了。究其根本，他（她）让你失望了，其实是他（她）无法和你心里既定的爱情标准相吻合。

爱过一次，元气大伤，这是俗话。专业一点儿来说，如果曾经有那么一个人引发我们的客体投射很强烈，会形成一个心理印记，让人终身不忘，甚至引起今后无法再对他人产生这样的内心喜悦感，不再有爱的能力。就像你深爱的人抛弃你之后自己经常念叨："对不起，我已经无法再爱上别人。"其实现在听见这话我都想抽你，明摆着自欺欺人，而且这在人性层面实在很可悲。

我们爱一个人越深，自我迷茫和灵魂缺失也就越厉害。一旦感觉到我们过分地把内心爱的能量投注给某个人时，就要学会节制，并把部分爱还给自己。所以，我喜欢李敖的一段话："不爱那么多，只爱一点点，别人眉来又眼去，我只偷看你一眼。"

我们寻找爱的过程简单，但却漫长。完美的爱情，是人类一直追求的最精致的精神创造。寻找的过程，同时也是塑造的过程。它就像是我们心里的一个保险箱，可以把最欢乐和最痛楚的事情存放在最真实的我心。

本来，人类对爱情的痴迷应该是人性中最美妙的东西，真的没有必要相爱时喜形于色，分开的时候却恶语相向。不懂得爱自己，如何好好爱别人？

年少的时候最喜欢羽泉的《爱自己》："最孤独的时候，不会有谁来陪伴你，最伤心的时候，也没有人来呵护你。只有你自己，经历着一些必经的经历，只有靠自己，才能回答一些生命中的难题。你爱这个世界，甚至爱着它的空气，你爱着你的他（她），也希望他（她）也爱着你。好好爱自己，在失败时给自己打气。常常问问自己，什么才是你想要的东西。”歌词很棒，不是吗?

王尔德说:“To love oneself is the beginning of a lifelong romance.(爱自己是终身浪漫的开始)。”所以，如果先把自己爱得好好的，善待自己，不轻易牺牲自己与迎合他人，那么无论你渴望、体验、得到多少爱与性，你都仍将是身体健康与灵魂饱满的。

09 我们的爱情需要多少物质才能走向婚姻

朋友结婚了，160多平方米的婚房装饰得美轮美奂。因为年轻和缺少大奖的垂青，朋友是没有能力供奉这样奢侈的婚房的，好在他们还有富裕的父母。于是，我开始嘲笑自己，回头看看几近不名一文的父母，低头看看手中攥着的一月买不到一平方米房子的月薪，我开始怀疑自己对爱情的憧憬最终会是南柯一梦。梦醒后，将是坚决地分道扬镳或是精打细算的柴米油盐。

在可以只谈恋爱的年龄，我一直是自负的，以为自己就是爱情的最大资本，身外的俗物是尽可以弃之不言的。

走出校园的时候，依然坚守着爱情，但清苦的老先生告诉我：

爱情若是成为一种需要，受伤的将是两个人；

爱情若是成为一种付出，受益的将不只是两个人。

我崇拜老先生，信服老先生的言行，但清贫却是谁都不想的。

对于穷人来说，爱一个人和被一个人爱，就是要共同承担穷，去克服穷，去战胜穷。在这个物质化的时代，没有人会爱穷人的穷。

所以，对于穷人而言，是鲜有爱情的。

爱情，越来越成为改变生活和命运的一种手段，无论是男人还是女人。

女人说：

我嫁你，嫁的不仅仅是你，更重要的是我嫁给了你的生活。

所以，很少有女人会选择清苦而不坐享其成。

男人说：

我娶你，娶的不仅仅是你，更重要的是我娶了你的社会关系。

所以，很少有男人会舍近求远而枉费自己 20 年的青春年华。

当钱和情站在同样远的距离的时候，钱能更直接、更轻易地入得人眼。

所以，我现在很理解那些弃奥托而入奥迪行列的女人。

奥迪让你的生命更有安全感，有了生命才可以继续爱情。

所以，我现在很能容忍那些抛弃妻子而追求千金老太的男人。

当你需要钱的时候，你就会忽略钱的发行日期。

走进婚姻的两个人本来就是希望生活得更好，至少应该比原来独自一个人的时候好，想想这些，也就释然了。

过去我们说：我穷得一无所有，但我有对你真挚的爱。

现在我们说：你穷得只剩下爱了，你还计较什么？

也许，再怎么忠贞的爱情也禁不起红尘中的烟熏火燎。

就像一杯碧螺春，冲过多遍，最终会成为一道水。

如同爱，渐归于无色无味的平淡，谁还会有拥抱的激情呢？

chapter 3

第三章 有些人 他们不甘平凡

没钱的时候，我们说，等有钱了我们就上路。有钱了我们又说，等有时间了就上路。有钱又有时间了，我们又说，放不下现在的工作、家人，怕失业，怕疏远，怕返归时的艰难。没钱没时间了，我们又开始抱怨。周而复始，慢慢地，我们变成了一个读不懂自己的人。

01 水泥森林，那是关于家的理想

十二

有这样两个不发生在现实，却真实得直逼现实的故事。

有一个女孩，为了姐姐房子的首付，和宠她到骨子里的男人分手，做了某个有权有势的男人的小情人。这个故事叫作《蜗居》。

有一个男人，为了在北京五环外买一个38平方米的小公寓，用自己青梅竹马的女朋友和富二代的爹交易，牺牲了爱情，换得了面包。这个故事叫作《北京爱情故事》。那不过是一个大水泥箱子啊？不，那是我们的家。这是故事里面那男人的一句台词。

一个都市人对房子的渴望能到达什么程度？假如你也曾经拖着箱子在台风天搬家，又或者被房东狠狠地刁难过，你就会懂得。许许多多的年轻人怀揣着梦想，离开自己的老家，到一个陌生的城市生活，迫切需要扎根下来，这个信念最后聚集到一个点上，那就是房子了。

没有自己的房子，他们就没有安全感，他们就没有底气好好生活。没有自己的房子，他们就不敢买太多东西。有很多人跟我说过："为什么从来只看电子版而不买纸质书？因为不知道什么时候就会搬家，买的书会成为累赘。”

所以，租的房子不能装修，不能买好的家电，不能换自己喜欢的窗帘和壁纸，因为那是别人的房子，一切只能将就，一如他们将就的人生一样。所以，其实又有谁可以理直气壮地去苛责现实生活中像故事里那样的男女呢？唯有亲身经历，才可体会切肤之痛。只是我们完全可以理解，却不一定能完全认可，更未必可以冲破底线舍弃自尊，或者其实很多人内心真正想的是：我连可以那样交易的机会都没有。

当无数年轻人前仆后继地涌入城市中，踏上那片土地的时候，他们何尝知道，自己会为了一个房子忍辱负重。他们难道不想潇洒地拿着买房的钱周游世界吗？某位名人曾经说过，在北京买一个厕所的钱，足可以去欧洲或者任何世界上你想要去旅行的国家旅行。可是，一只没有脚的鸟，终有飞不动要停歇的时候。他们不敢冒那个险，用限时的潇洒换一所房子，因为他们更需要一个家。

美国人不懂，为什么中国的年轻人对房子会有那么强烈地在乎？因为中国人的骨子和血液里就没有善于漂泊的基因，数千年来他们对土地和家庭的依赖和依恋传承至今，已深深地融入每一个人的基因里。

当人们看到那些故事的时候，没有人怀疑，因为现实中有千千万万个这样的真实故事，甚至比电视里上演的故事更为残忍和悲痛。当人生的冷酷终究在某个时刻展现在我们面前的时候，其实谁也不知道自己会不会缴械投降，牺牲掉爱情、友情、道德来换得一时的胜利。

然而，这一切的错不在房子，而是人们寄托了太多的理想和梦想在那个“水泥箱子”上。人生何其苦，白日里劳苦奔波，还不就为了夜里有一个可以回的家？房子是建立一个家的开始，从每一个小物件、每一个细小角落、每一处墙壁、每一处转角，无不是心血的结晶，甚至比恋爱都要艰难得多。回望每一处，都有一个自己的故事，堆积在那里，并且它们在有生之年可以全部属于你。平凡人所能想到并寄望的结局，无非只有这样。

所以，房事于国家、于地球来说，当真是小事，但于普通人来说却是天大的事，足可以让他们的小世界兵荒马乱的大事。当男主人公深夜带着女主人公去工地看他们尚是毛坯的房子，动情描绘，“我要在这里为你建一个开放式厨房，我要在那里给你做一个书桌”的时候，有谁去忍心打碎这个梦呢？梦醒了，他得到了房子，却丢掉了爱情。对或错，值得还是不值得，只有他自己知道。

02 从来没有一种工作叫钱多、事少、离家近

找工作，谈何容易。

身边的朋友有的已经尘埃落定，有的还在执著坚持。

价钱签得高的，嫌累嫌远；签得低的，怕不够花。

昨天翻闲书，看到了对何经华的采访，觉得很好：

20 多岁是一个让人蛋疼的年纪。何经华当年也是矮、矬、穷。

20 多岁的史玉柱在浙大学教学。

20 多岁的马云四处碰壁。

20 多岁的王江民因小儿麻痹而一无所有。

20 多岁的王石在大戈壁上当汽车兵。

后来，他们都牛了。

所以我常常想，我是不是活得太顺了？

我们是不是活得太顺了？

何经华说：

我常说人生有三个阶段，第一个阶段是你“无知无力”，就是你的知识不是很丰富，身体也没长好的时候，你是小孩在念书。第三个阶段是“有知无力”，你积累了很多知识经验，可是你年纪大了，老了做不动了。中间 30 年是第二个阶段，是你“有知有力”的 3 个十年。

第一个十年，你应该要投资自己。什么叫投资自己？你有没有花很长一段时间，就像我们练功夫一样，先把马步练好。第一个十年你不要追求高工资。你今天的工资可能是 3000 块、4000 块，我说我现在加你 2000 块钱一个月的工资，你告诉我你的生活会改变吗？不会的，奔驰、宝马你还是买不起，大房子你也买不起。

在第一个十年，大家的工资是没有差异的，你的同学也许早你一年升个什么组长，什么经理，那也不重要，最重要的是在第一个十年你要扎扎实实地投资自己。然而，现在年轻人会更多地看到自己以前的同班同学如何优秀，薪水有多高。但人生要算总账，从你学校毕业的第一天挣到的第一毛钱到你退休后领的最后一毛钱总共加起来你能挣多少钱。

第一个十年走完了，如果你扎扎实实地把自己的基本功练好，到第二个十年你可能有机会成为一个部门主管。我说第一个十年是你这一辈子工资最微薄的时候。这个时候你可能是单身，你的这个收入也就能支撑你的生活所需。

到了第二个十年，你可能结婚了，可能有个孩子，如果干得还不错，你能做到一个部门经理，你的收入勉勉强强还能支撑一个家庭所需要的。所以你还是不够，你上餐厅点菜的时候，你还做不到把价钱盖起来，你爱点什么点什么，你上超市买东西可以不要看价钱。

第二个十年你要学第二个东西，叫技巧，做事的技巧，待人处事的技巧，处理复杂事物的技巧。前面两个十年如果你走得很扎实，你才有可能走到第三个十年。

第三个十年的目的是什么？做到一个公司真正的大老总。第三个十年才是你财富积累的开始，那个时候你的收入会远大于你的生活所需，人生的财富从第三个十年开始计算。

可是很不幸，绝大多数人走不到第三个十年。虽然都是同一所学校毕业的，同一个科系毕业的，甚至上课的时候坐在某同学旁边的同学，10 年、15 年之后这两个同学的发展可能有很大的差异。

这个世界从来没有任何一件工作叫“钱多、事少、离家近”。

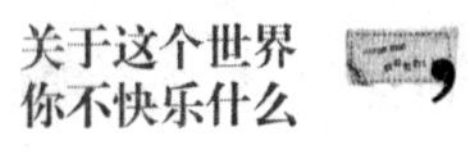

我也不是从学校毕业第一天就干老总的。我干 Sales，就是马路上的基层销售人员。

我说说当时在美国干销售我是怎么干的，只要太阳还没有下山，我一定在外面跑，跑客户，找商机，做事情。等太阳下山了，客户下班了，我回办公室做几件事。第一件事是把我今天一天跑下来的东西做一个总结，第二件事就是把我明天要去拜访的客户再做个总结，做准备。常常等我一抬头的时候已经是凌晨两点了，我忽然想起我好像没吃晚饭，我忽然想起我好久没上厕所了。

现在的年轻人之中流行一个口头禅，“我换工作了”，然后顺带告诉你，“我把老板给炒了”。我在招聘新员工的时候看简历，你知道我最先看什么吗？第一我不看名字，第二我不看学历，我先看他在每个企业待了多久。现在的年轻人工作更换太频繁了，是一件非常危险的事。

频繁更换工作的简历会给我几个很重要的信息，第一，这个年轻人还不知道他要干些什么，所以他老换。另外，新到一个岗位有两三个月的“蜜月期”，反正你是新人，大家对你要求都不高。等干到半年、9 个月，你碰到第一批困难的时候选择离开。发生困难了，最容易的决定是我不干了，然后美其名曰：“我把老板开了。”我看看这样的年轻人能开几个老板，他最后会把自己开了，因为到最后他的简历会没有地方去。

我相信，这样看简历的领导不止我一个人。如果前面的功夫不扎实，有些人可能运气不错，也能做上老总的位置。可是你会坐不住，那个椅子上有油，你坐上去会滑下来。一个企业运作到最后，都是实实在在的东西，不是光说大话就可以过得了关的。像我这一辈子，我没有发过什么财，我常说我的运气是很差的。我抽奖常常抽到纪念奖，一半人中奖我都抽不到，只能扎扎实实靠自己挣工资。

03 慢慢地，我们变成了一个读不懂自己的人

我们上班是为了过上更好的生活，去看更美的风景，和心爱的人不为吃穿发愁，有消费欲时犒赏下自己，吃美味的食物穿漂亮的衣服，可奇怪的是，我们每天都把时间用在吃快餐、挤地铁，对着屏幕流眼泪，困倦得打瞌睡，粗糙地穿衣，以及重复的程序里，甚至都没时间和心爱的人躺在床上看一部完整的电影，拍一张合影。

没钱的时候，我们说，等有钱了我们就上路。有钱了我们又说，等有时间了就上路。有钱又有时间了，我们又说，放不下现在的工作、家人，怕失业，怕疏远，怕返归时的艰难。没钱没时间了，我们又开始抱怨。周而复始，我们变成了一个读不懂自己的人。

孩子和大人的区别就是，孩子只对别人撒谎，大人除了对别人撒谎，还特爱对自己撒谎。

我们说，我们赚到钱了，就能带父母去旅游，和爱人环游中国，给孩子幸福的明天，可奇怪的是，我们几年只能见父母一次，接父母电话时的语气也特别不耐烦和焦躁，连给爱人做顿饭，陪她一起吃完的时间都没有，孩子被我们反锁在家里，玩着 PSP，苦闷地看着窗外，我们明明是为了我们想要的才那么

努力的啊！

我们说，我们赚到钱了，就能谈一场安心的恋爱，不求花前月下，但求日夜厮守。可每天下班回到家疲倦地倒在床上，揉着酸痛的肌肉，谁还有心思去甜言蜜语、促膝交谈，他玩游戏你洗澡，他看电视你睡觉，他吃快餐你煮面条。我们就像磁带的 AB 面，除了夜晚还背贴背睡觉以外，毫无交集。

我们说，我们赚到钱了，就能把梦想一一实现，可习惯了对客户假笑，对老板弯腰，写客户需要的文案，拍客户喜爱的商业照片，我们的速写本落了灰，喜欢的书买了几个月都来不及翻看。我们买书只是为了证明自己还有阅读欲，总想着会有一天，会有空闲，拧亮台灯，沏杯清茶，或晒晒阳光，坐在树下，为书页上的某句话潸然泪下。

我们听小众音乐，只是为了证明自己和别人不太一样，我们讥讽爱情买卖，我们向往春末的南方城市，我们迷恋被禁忌的游戏，我们沉默如金，遮掩自己的心事，我们相忘于江湖，幻觉支撑我们活下去。

在地铁里被左推右搡，镜子对面那个紧锁眉头、面如土灰、仪容邋遢、不苟言笑的青年人还是自己吗？那个发誓要闯社会、追梦想，不混出人样绝不回家的闪闪发光、青春张扬的你，还是你吗？

在交织的车流里狂奔，等待着红灯绿灯变换，上班下班，排队打卡，往胃里塞上地沟油和大葱煎饼，生病时咬牙忍着，喝浓苦的中药，孤独而焦渴地打开一个又一个网页，记录一个又一个信息。

在相亲网上实名认证，在一个又一个感情的流水线上被打包、贴标签，分门别类，和陌生人吃饭，接受你可有车有房、有孩有业的质问，理想和人民币画等号，婚姻和平米数挂钩，就像画皮里的女鬼，一边警惕一边渴求，语气幽幽，面露哀容。

04 你真的想要一间咖啡馆吗

叶未央

“我的梦想就是开一家咖啡馆，就像这个咖啡馆一样的，可以放着自己喜欢的音乐，还可以和不同的人聊聊天。”关于这样的话，你一定听过很多次，从一个人嘴里，从不同人嘴里，有时你会惊讶于这世上有这么多人都想开一家属于自己的咖啡馆，甚至是一个对咖啡知之甚少的人也会想着要开一家咖啡馆。

提到咖啡馆，我们总会想到的是洒满阳光的午后，咖啡特有的醇香味道，优雅男女的轻声细语，夜间的昏黄暖光，一时间的走神和恍惚。这些都对立于格子间、写字楼、办公室，对立于谈判桌、商务宴请、客户提案，对立于你从每一周从“忙 Day”开始的紧张神经。

你是真的想要一间咖啡馆吗？你是爱上了咖啡，还是爱上了咖啡馆生活？

答案其实是一片茫然。

绝大部分的时候，这个关于咖啡馆的向往不过只是一个向往，仅限于本文开头描述的那两句，绝无下文，这个向往就像在会议室里熬夜三天写出的提

案被老板当场毙掉的那一刻，恨不得掐死对面这个面目可憎的人的冲动一样短暂，一样是现代职场压力综合征自我幻想疗法的其中一种，这些幻想疗法还包括“我要环游世界”“等将来我有了钱，直接把这家公司收购了”，这些都是没有下文的。

如果你问他：那你打算什么时候开咖啡馆（环游世界）？你打算在哪里开你的咖啡馆？你最想去的地方是哪里？这些都是没有明晰的答案的。我们总是相信生活在别处，将来梦想中的生活一定会更美好，可是其实我们什么都没有做过。

开一间咖啡馆真的就会比目前的打工生活更美好、压力更小吗？

答案肯定是未必。

前些天，有个不太熟的初中同学路过我所在的城市，我做东请喝茶。这个在同学眼里有点儿少年得志，喜欢高人一等的人，竟然在湘江边的柔软灯光里跟我说他的梦想其实是想开一间类似的茶馆，Oh，My God！又一个！我以为他的工作收入优厚，从事全国范围内的各种基础建设工程，这是很多人眼里的油水丰厚之地！他说很辛苦，出差，拉关系种种，如果可以有一间这样的茶馆，每天和人聊聊天，该多好！又是一个梦想着逃离自己生活的人，在对工作压力综合征做短暂逃离和治疗，又是一个向往生活的人，却只敢把生活作为理想来清谈，而不是充满勇气地去过生活。

如果开咖啡馆是你想要的生活，那么你就需要勇气把一间咖啡馆做到从无到有，有勇气面对一开始的惨淡经营，有勇气面对每天的房租、水电、员工管理，直到最终这间咖啡馆散发着你精心维护的独特气质，吸引着与你趣味相投的一群人，你可以轻松随意地与他们聊聊天，谈谈人生，这个过程应该是一点儿都不简单的。

可是往往是，叫嚣着要经营咖啡馆的人并不真的是想要咖啡馆，不过是在生活疲惫之时，对着同事、好友，对着世界撒了个娇，以证明自己还并没有被枯燥无味的生活淹没。咖啡馆就像一个释放人生理想的平台，美丽着，温暖着，令人向往着，向往着要开咖啡馆的人生往往拐了很多弯，却始终没有到达这一站，人生啊，去向了别的地方。

你真的是想要一间咖啡馆吗？

午后的冬日暖阳下，不妨慢下来，想一想你的生活。

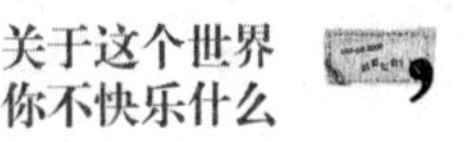

05 各人选择的生活方式，各人舍不得的东西

张佳玮

“这不是我要过的生活！我要过的生活是如何如何的！我好想改变，可是不能！”

“这是我要过的生活！虽然有这样那样的缺点，但是我不会放弃的！！”

“我也曾经有过想要的生活呀，但是我最后撑不住了，只好向生活投降了……”

“你应该过这样的生活呀，（省略描述若干）这才是真正的生活！”

可是每个人正过着的生活，都是自己选择的。

萨特说人有选择的自由，又说他人即地狱。借他这说法，往极端点儿说，人的确是自由的。比如说，你在牢狱里等着秋后问斩。你可以选择等一个月后吃顿断头酒然后死，也可以选择逃狱——哪位说了，逃狱成功概率极低，而且抓住就当场斩首，断头酒和一个月时光都没了。这就属于后果，是你需要承担的，但理论上你还是有选择的自由。

换个温和点儿的例子。五年前，我有个朋友陷于左右为难的境地。爸妈逼着结婚，他不愿结，真觉得生不如死。我在一边帮着出馊主意："那就结呀！"

"我又不想结！我跟那姑娘和那家都处不好。"

"那就跟爸妈闹翻。"

"那我爸妈得多生气啊，我妈心脏不好！"

最后他还是结婚了，挺简单：他最后还是放不下爸妈。我说这个，不是想宣扬愚孝或包办婚姻的可悲，不敢付出让爸妈心酸难过的代价，只想说明：对他来说，结婚很苦，但已经是可选择范围内的最优选择——比起让他父母伤心断肠。

管仲有段名言：

"吾始困时，尝与鲍叔贾，分财利多自与，鲍叔不以我为贪，知我贫也。吾尝为鲍叔谋事，而更穷困，鲍叔不以我为愚，知时有利不利也。吾尝三仕三见逐於君，鲍叔不以我为不肖，知我不遭时也。吾尝三战三走，鲍叔不以我为怯，知我有老母也。公子纠败，召忽死之，吾幽囚受辱，鲍叔不以我为无耻，知我不羞小节而耻功名不显于天下也。生我者父母，知我者鲍子也。"

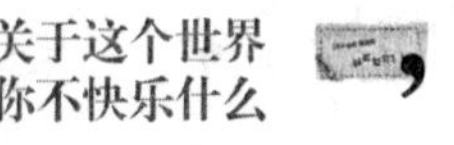

简单地说，管仲以前做啥丢人事，鲍叔都不责备他，因为知道他做此选择，必有苦衷，必有舍不下的。

有句话流传过，所谓“幼稚的男人可以为梦想壮烈地牺牲，而成熟的男人则可以为梦想屈辱地活着”，当然这话未必精当。唐朝睢阳失陷，南霁云本来“欲将以有为也”——我理解是，他想留下命来，诈降，当无间道——但张巡喊他一嗓子“南八，男儿死耳，不可为不义屈”，南八便慨然就死。这是南霁云的选择：他本来打算为一些高尚的目的屈辱地活着，但显然，张巡这一嗓子喊过，他宁愿干脆牺牲，不愿负了张巡。

所以，也有些男人壮烈牺牲，并不是因为他们幼稚。

世上像南八这样的烈汉和睢阳这样的传奇很少，但大体上，众生皆苦，每个人都有些放不下的，有形无形的东西。佛家说“求不得”是苦，所以教人“放下”，但到那地步谈何容易！

我有个很好的动漫控朋友，自己还没什么爸爸样子，就要了儿子。当了爸爸，忙得涛走云飞，寻一清闲下午看两小时漫画就是他的人生至乐了，但时常欲求不得。有法子没？有。

——当初不要孩子，那样会开心些，但长辈那边会有压力，自己也会觉得哪儿不对劲。

——对孩子马虎些，自己会对太太有歉意，而且觉得很没责任感。

——所以归根结底，他说，养着孩子，累归累，苦归苦，烦归烦，但心情还算平静，没什么愧悔之处。当然，他也苦笑：如果脸皮厚一点儿就好了。

有些嫁娶了非如意对象的人，是因为豁不出去和爸妈吵翻；有些在大城市拼命不愿回故乡纳福的人，是因为不想受“不甘心”的煎熬；有些敢于辞掉稳定工作去做点儿什么的人，是因为日夜被梦想与流逝的时间催逼。每个人的生活和苦衷只有自己能完全了解。人生时刻都在做选择，大多数时候偏又鱼与熊掌无法兼得。

所以，每个人此刻所经历的生活都是自己选择出来的——每个人必然都有未竟的梦想，但实现那些梦想的生活，必然要舍弃许多现有的东西。

每个人所珍视的东西千奇百怪，子非鱼不知鱼之乐。我的某些朋友认为理想高于一切，我的另一些朋友认为父母比理想重要得多，我的一个朋友觉得开家西北风味凉皮馆比工作有意义得多，我还有个朋友觉得出国留学固然是好，但她更喜欢能够每天按时上班并按时去某一家饮料店喝咖啡陪男朋友的生活。每个人所不肯放弃的东西如此不同，于是人生多种多样。

我一直尊敬对自己理想的生活方式（无论多么奇怪）持之以恒的人——实际上我自己有许多幼稚、呆傻的理想一直在践行着——但引用菲茨杰拉德的话，“当你想批评人时，记住，并不是世上所有人都和你有一样的条件”，我觉得，过着违背自己的心愿生活的人为数不少吧，说到底只是价值观不同。一个人肯放弃理想，并承担内心的失落感，一定是因为命运给他安排了更割舍不得的东西（比如，我那位被迫结婚的朋友，那对不那么好沟通的双亲）。也只有你自己知道，你自己的人生，自己的价值观里，那对你究竟有多重要。

这个世界并不公平，许多时候造化弄人还很浑蛋。甘苦取舍，放不下的东西为何重要？有多难放掉，只有自己知道。弗罗斯特说，“抱歉我没法儿同时选两条路”。无论你选择过什么或将要选择什么，无论别人或你自己偶尔也哀怨说你没选的那条路看上去如何动人，当初应该如何如何或者将来应该如何如何，都没什么值得后悔的。选择一种生活，就是选择了不去冒另一种生活的风险。无论他人或你自己如何说，你至少选择保留了一些你不肯割舍的某样东西。不管是父母、亲人、理想还是安全感，抑或是许多他人完全无法理解的事物。也只有你自己知道，你自己的人生，自己的价值观里，那对你究竟有多重要。

06 一个人最大的悲哀，是不愿做自己

丛扬洋

自我的迷失，是这个城市里的人的一种通病。每天浑浑噩噩，过着机械的日子，不知道在做什么，更不知道为什么而做。常常羡慕那些有理想、有追求的人，羡慕他们的清醒和幸福，然后感叹自己的一无所长、一无是处。

幸福的人，就是成功的人，他们都有这个特点，很清楚自己是谁，自己有什么，自己要什么。他们做着自己想做的事，走在自己的人生轨迹上，他们把优秀或平淡当成一种目标，但从来不会去羡慕别人有什么或者自卑自己没什么。他们有三种能力：耐得住寂寞，禁得起挫折，守得住成功。总结起来便是：无论环境怎么变化，他们都能坚定地做自己。

自我价值感高的人很了解自己，能做回自己，所以他们幸福。可是这个城市偏偏有这么多人，价值感低，不能做自己。我常常听到很多人说起同样的感受，心里空空的，不知道在哪儿，不知道在做什么，不知道该做什么，不知道该往哪走。害怕闲下来，一旦闲下来的时候，心里空荡荡得不知所措，于是忙碌。即使忙碌，也会突然地悲伤，感觉不到自己。

失去自己的时候，有两种情况，一种是感觉不到自己，找不到存在，心里空空的；另外一种就是通过心理防御机制去填补这个空，就会通过羡慕别人或贬低别人来塑造一个理想中“应该的我”的形象。

我也曾经常常感到挫败无比，仿佛我是世界上最没用的人。那时候，朋友们会说“你真的很优秀”，我却独自一人在角落里忧伤。优秀有什么用？连自己也照顾不好。我赚不到钱，还不会理财，一点儿工资每月下来所剩无几，还不如楼下做导购的小姑娘，每月挣得虽然不多但小日子打点得依然滋润且每个月都有剩余。朋友们虽然都夸这儿好那儿好，可是有什么用？自己也看不到，比不上人家的专业水平，也转化不成价值，只会点儿三脚猫功夫，高不成低不就，还不如单位的小设计凭设计这一点，就可以找到自己的方向。我就是曾经常常这样看不起自己。

我也常常不喜欢自己的性格，记得做销售的那段日子，朋友们常常说起我的睿智、幽默、安静。他们说的时候，我会高兴那么一会儿，剩下的时间，我常为自己的内向、放不开、腼腆而痛苦不已。总之，那时候我从来没有觉得自己好过。青春的岁月里，除了挫败就是迷茫。我常常不知道为什么活着，只能麻木地活着。

同时修心理学的一个朋友则恰恰与我相反，在他眼里，我自然是毛病一堆，虽然他指出我有很多毛病，类似于我这么个头脑学了不活出来有什么用等，但他指的这些毛病我并不认同，因为他常常在自己的世界里把别人的问题放大。他也常常指出别人很多毛病，比如做人应该真诚，你看你那么掩饰自己怎么可以？他甚至会大声呵斥：“你这是指责，你怎么可以成为一个指责型的人，做人不应该指责！”每当看到这样的情景我常常被搞得哭笑不得。

不能做自己的人就是这样，当无法面对心里空空的时候，就从别人身上找素材塑造一个理想的我，总是羡慕别人，看到别人的好，总是挫败自己，盯着自己的错误不放。或者相反，将自己弄得没有缺点，别人身上却都是毛病。他们生活在一个理想的自己的世界里，认为理想的自己应该具备哪些特点，而始终不愿面对真实的自己。

有时候想想人真是可笑，羡慕来羡慕去，单单没有羡慕自己。指责来指责去，单单没有指责自己。有时候多么渴望自己具备想具备的能力，多么渴望具备自己想具备的性格。可上天是那么不公，偏偏让我拖着一副不想要的身躯，偏偏让我为自己的性格痛苦不已，总是差了那么一点点，而我无论怎么努力都填补不了这一点点。

感觉不到自己的时候，也很可怕。想有个人陪，想找人说话，想做些事情，想通过忙碌，通过外界的刺激来逃避真实的自己。

有时候就选择抱怨，直到看到一幅漫画：有个人在指责上帝，为什么要对他这么悲惨？可是他不知道的是，上帝已经将大部分苦难都进行了拦截不让它们出现。我们总埋怨上帝为什么没有让我们完美，可是上帝给的恰恰是独一无二的完美。我用了很长时间去理解这两句话：我们都是生命能量独一无二的见证，一切都是最好的安排。

有这样一个故事。丞相跟国王说，一切都是最好的安排。国王认为丞相只会溜须。狩猎时国王一手指被猎豹所残，丞相以同样话对待。国王一怒将其关入牢中，丞相仍说同样的话。之后国王继续狩猎，被食人族所擒，正在被烹祭祖之时，对方骤然发现其少了一指是不完整的，部落首领将其释放。回国后，国王释放丞相，感恩其言，果然是最好的安排。但是爱卿被囚数十日，又何解？丞相说，如果我不是在狱中，那随国王狩猎的将是我，被烹的人也是我。

故事很长，也很短，无非就是说一切都是最好的安排。至于这个结论是怎么证明的，也很简单，当事情发生的时候，丞相总能找出积极的意义。这就是最好的安排。

对于我们也是如此，单纯的认知决定了幸福与否，决定了能不能接纳自己。所谓接纳自己，就是看到自己的价值，看到自己的特点，并欣赏自己。身边有人陪或者没人陪，周围有人比我优秀或者比我差，都是环境和他人的。我们应该努力适应，但不应该因此迷失自己。当环境变了的时候，我们可以发掘出变化对我们的意义，从而感恩环境，庆幸自己。

并不因为环境的变，我的本质就跟着变了，即使我想去改变自己，我也是带着觉知、带着学习、带着自己去改变，而不是否定了自己。

我知道我是一个不完整的人，我不会做饭，但我会写字，我无须两样都会。我知道我不会理财，但我会赚钱。有些东西我想学、可以学或者不学也没关系，并不是掌握所有技能我才是好的。我知道我内向、腼腆，我可以不去做销售而转为做文案，如果我去做销售也没关系，我的这种内向、腼腆会给人踏实的感觉。我欣赏自己的这些特质，我可以去改变，也可以不去改变。无论我是怎样的态度，我都不会去排斥。不会做饭的人是我，不会理财的人也是我，这都是我。

再转念一想，为什么做不好家务？为什么收拾不好房间？因为我性格懒散，大大咧咧，这不正是我思维散漫、鬼点子多、幽默风趣的一个源泉吗？换

个角度想，如果我成了一个好的家庭妇男，样样条理清晰，东西摆放整齐，恐怕自己都受不了了。

好奇怪，一面想改，另一面，改成自己想要的东西其实自己都接受不了。

其实还是对自己现状的一种不接纳，对自己的一种不认可。羡慕着别人的好，幻想着一个理想的自己是什么样子。这样好有一种寄托：如果我是那个样子，我就是幸福的。

关于这两个“我”，现实中的我和理想中的我。

这两者其实并不矛盾。对于理想中的自己，可以有很多羡慕的偶像，可以有很多想要的特质和能力，可以努力去改变自己做到，都是没有问题的。想要某样东西并没有问题，问题是，你是否接纳现在的自己，以及在得不到的时候你会怎么办？

所谓自我价值感高，就是我接纳我现在的自己，欣赏自己，并且在我想成为自己的路上。我看到自己的特质而非优缺点，我总能发现这样特质对我的意义，也能发现它带给我的阻碍。我可以改变，而不必否定自己。所以我不必受环境影响，无论是独处还是与各种人在一起生活，我都可以很好地面对自己。

首先，接纳。接纳我就是这个样子，这就是真实的我、独一无二的我。无论我的性格怎样，我的能力怎样，我的现状怎样，这都是真实的我。我不会成为刘翔第二，但我是我第一。我还是不会做饭，但我接纳这样的自己。我依然可以活得很好，而无须具备所有的能力。

其次，欣赏。当我想改变的时候，我在努力，让自己变得更好，我就可以欣赏现在的自己，欣赏自己在努力改变。先不管结果如何，至少我自己做了一个决定，决定了改变，我欣赏自己的勇气，我不仅接纳现在的自己，我还欣赏现在的自己。我决定了要开始自己的烹饪之旅，我买了一个锅，我还没有开始，但我欣赏自己的勇气去改变。

再次，庆祝。每当我做出一分努力，我都庆祝自己有一分改变。理想中的自己有 100 分，我做到了 2 分，我就为自己这个进步和努力而感到庆幸。我自己煮了一堆面条，虽然味道飘了出去，邻居有人在说怎么有糊味，我还是庆祝自己做了，我没有做到 100 分，但相比之前的我，我已经开始变了。

最后，接纳。接纳我做不到 100 分，也无须做到 100 分。我成不了大厨，甚至做不出他们都能做的饭，但是我可以自己做西红柿炒鸡蛋了。无论我做到多少，我都接纳，然后欣赏，然后我还是我。我还会努力，但并不因为我做

不到100分就否定自己。所有事情都做到100分的人不在地球上，都在火星上呢。

对真实自我的否定，对理想自我的追求，对改变的希望，对不能做到100分的难过，继而对自我的迷失。人的痛苦，莫过于此。

这也是一个人最大的悲哀，常常丢了自己，想成为理想中的自己，常常想具备很多，想在一个舒适的环境里，却忘记了成为最真实的自己，其实在哪、和谁都一样。

07 重来一次，你还是会选择一样的生活

张君雅

10 月份就要飞去大不列颠念书的 H 小姐，这段时间在家里待着避暑。前几天在微信上念叨：从前家里的好多朋友高考没考好，毕业后回家开饭馆儿做点儿小生意什么的，现在房子、车子、孩子都有了，一家几口好不自在。H 小姐说，她爸爸整天拿着这些例子教育她，弄得她心烦气躁，又想到回国后前途未卜，更加觉得茫然、无助。

我在微信上对 H 小姐说，当初来到北京，就回不去了。其实我更加想说的是，如果一切退回到四年前的那个夏天，你知道这个选择的结果，知道你四年后会面临着依旧未知的前程，而身边的同学、老友都早已尘埃落定，你的父母、亲人也已经老去，你到了一个应该扛起家庭重担的年纪却还是不能创造任何的生产力，你还是会做一样的选择。因为如果不这样选择，那就不是你了。

之前遇到大挫败的时候跟 H 小姐吐槽：我说真的好怨恨自己，为什么不会再聪明一点儿，把时间、精力都浪费在那么多的无用的事情上；我说真的好羡慕那些一路走来都很明智的人，似乎总是知道自己适合干什么，知道这个社

会需要什么。H 小姐说，你真的羡慕那些人吗？我点点头。H 小姐说，那要让你重新回去按照他们的方式生活，你愿意吗？我迟疑了。

是的。我只是在心灰意冷的时候会羡慕人家的结果，但是阳光灿烂时却依旧坚持自己的生活。既然注定无法接受别人的过程，那又何必纠结于自己的结果呢？按照自己适合的方式生活，享受这其中的跌宕起伏，安心接受属于自己的过程。如果重来一次，即使我知道我之后会遗憾，我依旧会选择这样的人生。

前几天收拾东西，把很多事情都搬出来捋一遍。然后翻啊翻，竟然找到2010 年那个夏天从香港回来之后写的一点儿感悟：

“那时我身边围绕着不同国家、不同大学里的各种牛人，年轻气盛的心受到了狠狠的刺激，我不停地在想，我要做些什么才能更从容地应对这么严酷而又激烈的竞争？看见他们，我仿佛看见几年后的自己。我试图用我所爱慕的东西去陈述我自己的属性，但其实我什么也不是。光鲜却平庸，自满却空虚，这些只不过是用很多唯美的碎片拼凑了一个看似清新的表面。

“我明显地感觉到时光的流逝。外在的积累尚未成为我的所依所恃，而此时我的内心却越来越脆弱与害怕压力。当我每每想起‘改变’这个念头时，当我每每冒出一些新的想法时，我就开始理性地计算机会成本，不停地纠结于投入与产出之比，不断地问自己是否值得。在反反复复的纠结中，愈行愈远，渐渐迷失。

“我也明白，这世上其实有很多人曾为自己的不安于世如此那般的骄傲过，曾认为自己对世界有更深刻的同情与同理心，曾强烈地感受到使命的压迫与幸福感。然而，你又见到多少人，他们觉得愤怒，不是因为他们觉得不公平，而是因为觉得自己处在不公平中的不利位置。他们愤怒的目的不是为了消灭这种不公平，而是想方设法让自己处在不公平中的有利位置，又有多少人骨子里甚至是喜欢、迷恋、崇拜这种不公平的？

“当梦想遭遇现实的时候，亲爱的，我很了解你的挣扎与纠结，因此我很能理解你现在的停歇与沦陷，我很能原谅你。我比任何人都清楚你的身上满是弱点，你虚荣、你攀比、你贪恋安逸，却又自以为是地自诩清高。我知道你想要的生活：看自己想看的书，能去自己想去的地方旅行，不用见太多的人，生活简单，每天都在工作，每天都在思考。

“亲爱的，我比谁都了解你的不甘心。我就像确信光明和曲折并存一样确信，你还在乎这一切。亲爱的，我绝对有理由相信，你会倾听来自全世界的声音，你会用简洁、有效的方式提供服务，并创造一个更美好的世界。”

两年了，两年前我给自己设的问题依旧没有答案，我答应自己的事情依旧没有实现，我心中依旧惶恐不安。我不是没有后悔过，真的。只是似乎很多时候，当下做选择的那个动力并不会是理智的SWOT分析，而是来自自己心里的那个声音。

08 每个生命里，都有对爱和梦想的渴望

曹汐

有很多朋友跟我说起最近的烦心事，工作、感情、未来，以及他们对身边人和事的各种困惑，不一而足。

一个女孩说，拿着我们学校本科的文凭，回到家乡，男人听到不敢上门。

一个男孩说，原来要好的女朋友嫁人了，在自己长达二十几个选择的 List 里选了一个，结婚前说的唯一一句话就是：我终于可以不用工作了。

一个女孩说，我想回家乡工作，可是跟大多数男人我实在是没办法交流，他们说的话我都不知道怎么接。

一个男孩说，我想换工作，可是父母觉得我现在的平台挺好的，不该走，我想走又不能，很痛苦。

一个女孩说，我爱了他那么多年，但是他现在做的事我真的没法儿原谅，可是我又放不开手。

一个男孩说，找工作的时候想广撒网，结果 Offer 一个个来了，我却觉得

都不是我的理想，一个个拒掉之后却还是惦记心中最初的梦想，不想就这么出卖自己。

自我和生活碰撞。

我也一样。

去年冬天，大学感情重现，如两年前一样的麻烦，以闹剧收场，却还犹豫了 3 个月要不要回头。

一直到现在，在几家听起来不错的公司实习，不是自己最爱的工作，却都要犹豫个把星期才能做出决断离开。

碰撞越激烈，成长越快。

碰撞越激烈，自我和外界的剥离越清晰可见。

最后的最后，庆幸我还是自己，一路上都有人支持我那被大多数人否定的梦想。

前一阵子看到了一句话，大意是，男人的爱是俯视的，女人的爱是仰视的，当一个男人越来越成熟，拥有的资源越来越多，他可以俯视的女人越来越多；而当女人面临一样的情况时，她可以仰视的男人却越来越少。当时看到这段话的时候我想说，最终的最终，我们期待仰视和俯视的不都只有一个人吗？多又如何？少又如何？可是现在，我却想说，真正的爱应该是平视的，没有视角的差别。

以前总觉得“相敬如宾”的真爱值得尊敬，但现在却不这么想。“相敬”是爱的基础。如果没有了相互尊重，连朋友的位置都恢复不来，又怎么谈爱呢？那个说男人看到你的本科文凭不敢上门的女孩，那个说不想回家将就找个老公的女孩，那个觉得不想原谅却不知道该怎么办的女孩，我多希望你们继续勇敢地做自己。我听过很多男人说起理想老婆的样子就是：不要太聪明、温柔、善良、持家。这样的女人有，可是不是你。

每个人都有选择相伴走完一生的对象的标准，可是我们当初就不是为了别人的标准而生的，我们就是我们自己，不要为别人的标准而活。按照模具选择的婚姻，过的也是模具的生活，这样的生活是“二手”生活。

任何取悦，带来的都不是和谐，而是轻蔑。

遇到对的人，我们会自然流露女孩的百媚千娇，可是矫揉造作来的，长久不了。

真正的爱，会让人失去爱其他人的力气。

至于工作，很多人说它不过是谋生的手段，我却一直希望是热爱的事情。那个舍不得放弃现在平台，纠结着要不要走的男生，我佩服你坚韧的忍耐力，也佩服你遇事沉着，思前想后的周到，只是我总听到你心里想走的声音。那个现在还在选择手里的Offer，纠结着的男生，多希望你最后能实现你说的心中最初的梦想。

有梦想的人，我总是忍不住想听那心里生命的声音。不管你说的、他说的或是谁说的这世界如何，这社会如何，我始终不怀疑生命的坚强。每个生命里，都有对爱和梦想的渴望。

对权力、金钱和女人太渴望的男人，让人害怕。

在北京遇到的仅有的两个喜欢自己工作的人，一个是按摩师，一个是之前实习公司的Vincent。我看到他们脸上对自己坚持的肯定，让人心生愉悦。大多数人愁眉苦脸，说生活这里无奈，那里无奈，活生生地把生活过成了“日子”。

身边的人，永远不该是自我设限的原因。

对高中的事情记得不太清楚，但是总记得高三的那个女生，考艺术生回来，在教室的第一排，给我们讲她在考试时遇到的趣事。阳光下，她眼里的笑和对理想渴望的光亮，透过这 6 年的时光清晰地照到现在。

Claude 说：Never accept a “no” from people who are not allowed to say yes.

天舒说：优秀的人是连成线的，你通过一个就能看到另一个。

赵杨老师说：决定人生的关键就那么几步，至于今天吃什么，明天几点去办公室，没那么重要。

我只承认人格、爱和梦想，无关性别、财富、权力和其他。

我们恐惧的只不过是失去。生命不过是个沙漏，不管正着放、反着放，怎么样都是时间流逝。想按自己的方式流逝，就别害怕伸手。

别人定义的快乐、成功、未来都不是自己的。起码，要尊重内心。这样的生活才是实实在在、一分一秒度过的。每天睡前，在心里跟自己说：无论如何，我永远爱你。

喜欢以下两段话：

一己的勇敢，是一个人年轻时唯一拥有的东西。在一次次的错误中成长，将所有看似错误的选择最终引导向正确的结果。我坚信，人应该有力量，揪着

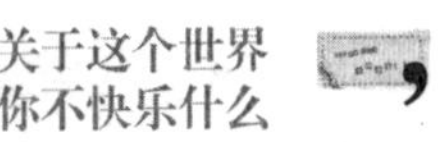

自己的头发把自己从泥地里拔起来。

人是可以像犀牛一样那么勇敢的，哪怕很疼也是可以的，看你疼过了是不是还敢疼。大多数人疼一下就缩起来了，像海葵一样，再也不张开了，那最后只有变成一块石头。要是一直张着就会有不断的伤害、不断的疼痛，但你还是像花一样开着。

09 面对现实，还是忠于理想？

素喜

某日看到朋友的QQ签名说“命运这样安排我也只有接受”，我开始思考究竟是命运决定我们成为怎样的人，还是我们做了什么从而决定我们的命运。朋友说“拿多大碗，吃多少饭”，我觉得这是一个伪命题，决定一个人饭量的应该是胃口而不是容器。

总有声音在说，“活得一定要现实，不然一定被现实打败”，好像在这个社会里只要谈理想就等于或约等于不现实。格瓦拉说：“让我们面对现实，让我们忠于理想。”“面对”和“忠于”很明显是两个层次。最大的理想主义者，应该是最大的现实主义者。现实世界从来不排斥理想，只是如何平衡的问题，任何为了追求理想而放弃现实的人都有“病”。毕竟，生活才是最重要的。

为什么一定要辞了工作去跋山涉水，卖了房子才能环游世界？人生绝对不是非此即彼的矛盾，也不是顾此失彼的遗憾，鱼和熊掌不可得兼的时候，为什么不可以选择螃蟹或者苹果？总可以找到一条解决的途径，只不过困难一点的事大家不愿去想更不愿去做，我们只看到两点之间最短的是直线，却忽略了折

线波浪线也可以到达目的地。本能地趋利避害、趋乐避苦，没有勇气和耐心去相信“面包会有的，牛奶会有的，一切都会有的”。

狄更斯说：“这是最好的时代，也是最坏的时代，这是智慧的时代，也是愚蠢的时代……我们的前途无量，同时又感到希望渺茫。”现代化的日臻化境带给我们的不是对精神丰足和自我实现的追求，而是健康向上且参差多态的世界观、价值观的全面崩塌。

根据马斯洛的需要层次理论，人的需求依次是生理需求、安全需求、社交需求、尊重需求和自我实现。而当代的人们却把努力追求享乐视为人生的乐趣，却忽略了自我实现。他们说，物化的压力越来越大，他们已不能自由自在地做自己，到底是选择满足别人的物化需求还是满足自己内心的价值观，这是一个最简单又好像最难的问题。

谈到理想，总还是有一部分人瞬间就心旌摇曳眼光闪烁，可惜大多只有感性没有“敢”性。你说你想开个不赚钱的小店，办个杂志，玩音乐，当画家作家，开间舞蹈教室，去NGO工作，援藏，救助流浪者和垂死的人，支教，保护动物，拯救地球生态，摆地摊环游世界，创立一个新鲜的行业……

立马会有无数异样的眼光齐射过来扼杀你蠢蠢欲动的幻想，他们告诉你

“不切实际”“这些是空花泡影，理想很丰满，现实很骨感”“你要接地气，踏实工作，努力赚钱比较靠谱”“不要阳春白雪，不要活在真空里”……于是你就扭头回去啃书本、考证、出国留学，一次又一次成为国考省考的炮灰后依旧勇往直前，挤破脑袋进四大、投行、500强，买房子买好车，嫁个“高帅富”娶个“白富美”，仿佛这才是有大花儿大彩儿的人生正道，只有“你应该……”，没有“你想要……”

于是你就在这个奢华迷津的欲望社会里渐渐迷失了自己，渐渐丧失了纯粹的个人属性，老于世故，虚荣浮躁，焦虑疲累，或狰狞或谄媚，最后活成一个千篇一律的人。

向而不往是你的人生常态，等到行将就木时回首前尘旧梦才悔泪涟涟，无限放大对自己的戾气，把自己忧伤成一朵老蘑菇。可惜过气的理想就和过气的爱情一样，一旦过了那段时间，就会变成横在心尖上的一块尖角沙砾，看着碍眼又硌得难受。

“别跟我谈什么丰乳肥臀的个人理想，戒了。”这还不算可怕，可怕的是问你有什么理想，想过怎样的生活，答曰“不知道，从来没想过……”很多人终其一生都不知道自己最想要的是什么，社会似乎也观察到大部分人的生活真是

死水般平静得看不下去了，“到死了才发现自己从未真正活过”。

所以媒体开始疯狂炒作极力鼓动，大家的内心忽然狂风大浪，环游世界这个理想一夜之间就烂了大街，遍地的辞职和休学，一口一个“在路上”——人们还是不知道自己想要什么样的生活，内心信念总是可以轻易地被主流的或者旁人的价值观撼动得摇摇摆摆，然后去复制别人的经历，做了以后还自我膨胀得厉害。

可惜，世界只记得第一个登上月球的是阿姆斯特朗，不会记得“第二”的奥尔德林，即使只差了 19 分钟。你最终只是一个盲目从众分子，并未因为那些所谓过瘾的疯狂的举动而变得牛逼，顶多是在这个浮躁的社会里多了点茶余饭后的谈资。事实是，当视界足够开阔的时候你就会发现自己那点经历根本“不足为外人道也”，而你周围那些看上去头顶光环的人也不过是沧海一粟。

当然，追求理想不是为了与众不同或者让人艳羡喝彩，不掺杂虚荣和炫耀的成分，也无关宏旨。它可以是“做一个拾荒者”，也可以是“为社会主义事业奋斗终生”，或者是“做一个贤妻良母”……随你开心。

谁规定了一定要找个正式工作一定要有可观收入？谁又规定了二十几岁就

该结婚生孩子？为什么人生的重心是房子、车子、票子？走自己的路，让别人跟着走，或者让别人走别人的路。乔布斯说“要忠于自己的心灵和直觉”，忠于自己，忠于理想，为的是那种火光的力量喷射到全身的飞扬振作，是单纯坚定的心志和对世界浪漫美好的想望。

很多人缺少一种特立独行的人生态度，缺乏独立思考的能力，没有勇气做自己，无法抵御父母的咆哮，不能无视别人的眼光，也戒除不了与他人比较的惯性，所以只能对生活曲意承欢，汲汲营营又谨小慎微，去迎合声色犬马的后物质主义社会的期望，拿着别人的地图找自己的路，尚且青春活蹦的时候就无耻地把美梦和狂狷都揉烂在肚子里。等到老之将至，盆满钵满地收获了财富、地位和权力尚还算好，只怕很多人除了年龄什么也没有得到。有的人走着走着忘记了当初为什么出发，有的人从来都没有为自己出发过。歌里唱的好啊，“忙忙忙，忙忙忙，忙是为了自己的理想，还是为了不让别人失望。盲盲盲，盲盲盲，盲得已经没有主张，盲得已经失去方向。”

“为什么你不去做你想做的事情？”

“……”

“会死吗？”

“不会。”

“那你还怕什么？！”

被生活强奸了，难道就要嫁给它吗？

这个世界已经很不靠谱了，如果我们能有点不靠谱的人生态度，以毒攻毒会不会好一点？

虽然有一小撮和现实死磕的人最后都被现实磕死了，“面朝大海，春暖花开”不是那么容易的，所以海子、凡·高、茨威格这些人都自杀了。但是就算到最后我们穷困潦倒无所作为又或者曲高和寡迷茫无助无所归依，至少死后还能在墓志铭上写一句“这是一段温暖和百感交集的旅程”。

年轻就该给自己找快活，怎么快活怎么过，老了也是个老理想主义者。反正过正经的生活也挺苦逼，不如找个欢乐点的苦逼方式。苏轼早就说了：“且趁闲身未老，尽放我，些子疏狂。”后来陀思妥耶夫斯基也说：“如果给我一杯酒，代价是让全世界消失，我会说，让世界见鬼去吧，但我要有酒喝。”

但愿这个世界能多一些坚守自我的人，永远奔奔放放永远热泪盈眶，在头顶贴四个大字“勿忘初心”，像坠入情网一样地坠入理想，不“从众”，只“从己”。哪怕一千个人里面有十个也是好的，毕竟在理想主义的世界里，一加一绝对是远大于二的。如果人生就是一个不断给车胎打气的过程，那至少也要在爆胎之后可以高呼一声“过瘾”！

chapter 4

第四章

有些人 他们不知道想要什么

更多时候，提问的人其实并非想要得到什么答案，他们只不过希望从另一个人那里、另一本书中印证自己内心的想法。而大多数时候我们若真的感到迷失，也并非源于我们不知道自己该做什么，而是因为我们不知道自己想要什么。

01 我们热爱什么样的生活

一默

公司要拍一个微电影，于是约了制作公司的人过来聊创意。对方说老总和副总亲自过来，没想到见面的时候看到的是四个年轻帅气的小伙子。他们公司是几个“80后”创建的，成立短短三年时间已经在业内颇有口碑——至少我所了解到的几家国内大型企业和我所熟知的一些朋友的公司和老板个人的片子都是他们做的。看完作品，也确实让人很有感觉，于是很快就把合作确定下来了。

午饭时和他们公司创始人——一个1982年出生的帅哥，聊起一些个人的故事。他告诉我刚到北京的时候睡了两年的办公室，因为北京的时间成本太高了——他经常要工作到半夜3点，又希望第二天一大早全体员工看到他已经精神抖擞地出现在公司。现在团队成型了，却仍然每天睡不满五个小时。

一方面，我震撼于同龄人的努力和成就——这是我远远比不上的；另一方面，在思考另一个问题，付出这个代价值得吗？我几乎已经可以看到这样的生活方式继续下去会带来怎样的健康问题，于是很直接地给了对方一个忠告：猝死的人没有一个是想到自己会死的。没想到我刚说完，对方的副总就告诉我，他一个朋友 30 岁出头，剪了一夜的片子以后被人发现趴在工作台上，已经浑身冰冷。

我又想起来上个月接待的一个客户，三十五六岁的样子，生意横跨能源、地产、金融三大行业，手下员工 6000 多人，身价自然不菲，还有一个年轻貌美的妻子。但是他告诉我他 32 岁的时候就已经装上了一个心脏支架，现在仍然在每天服用各种药物。他找到我们的目的，就是希望能够停止服药的同时保持指标正常。

2011 年我从上一家公司辞职来到北京，就是因为不愿意这样下去。2010 年，我出差不低于 280 天，飞遍了大半个中国，让自己从一个寂寂无名的小角色变成细分行业中数得上名字的操盘手之一。代价是身心疲惫不堪，还让沉寂了几年的老毛病重新露头了。思来想去，还是决定找一个地方安定下来，换一份收入低一点儿、舞台小一点儿，但是能让自己更好活着的工作。

我们到底要怎样的生活？对于我来说，我不愿意面对这样的选择：事业、金钱、家庭、健康、生活趣味，你到底要哪个？哪一个我都想要，哪一个我都不愿意放弃。当然，这本身也是一种选择。而且做出这种选择的时候，自己就得知道，哪一种都别要得太多。年纪轻的时候，梦想做一个商业领袖；后来接触了一些真正的商业领袖才知道，选择这种结果就意味着放弃几乎所有俗世的生活乐趣。但是，我也不愿意成为一个庸庸碌碌的人，尽管那样可以让自己有更多的机会和自己相处。在有意义和有意思之间存在一个数轴，我没有那么大的能力跨在两个端点，于是只能在其中找到一个我自己舒适的点。

在选择自己的生活这个问题上，难点之一是如何面对别人给的刺激。看到别人拥有更多的钱，或者更多的时间，或者更自由的状态，或者更光鲜的生活方式，人难免受点儿小刺激。不过，始终要知道自己选的是什么，它的代价是什么，并且不后悔。

02 不是不知道自己该干什么，而是不知道自己想要什么

mlln

有时我会收到一些陌生人的豆邮。

有人问我大学过得不如意，应该如何重新找回自己。有人问我事业做得不成功，应该如何调转风向，甚至还有人向我咨询如何与异地恋的男友相处。

说实话，每当我看到这些求助的文字，都感到无比激动，因为对我来说，能够赢得一个陌生人的信任，的确是一件温暖的事情。然而我想，我实在做不了别人的人生导师，事实上，我自己还深陷生活之中，有时感到羽翼丰满，有时却要承受无助、彷徨。和每个人一样，我每天披荆斩棘，也会因此遍体鳞伤。

这让我想起前天晚上李志的演出。我实在是老了，挤不进汹涌的人群，于是站在角落里听他唱歌。李志话说得很少，即使为数不多的几句话，也总被底下年轻人的调侃打断。他们一定没有听懂李志，没有听懂他为什么说，当你有了自己要做的事，就一直去做吧。我觉得这句话说得真好。其实，除此之外，我们能给予别人的建议并不多。

我从不相信成功学中那些花枝招展的故事，也从不讲给别人听。因为生活比其中所宣扬的信条要复杂千倍。正因为如此，我坚信自己做不了别人的算命先生，无法对着电脑屏幕，聆听另一颗心脏的跳动。

有时候我会觉得很失落，在逛书店的时候，我总能发现心理学的书架上摆满了那些“教你如何一分钟内看透别人”的书籍，社会学的书架上也被放上了一堆“把自己变成超人”的讲座，青春读物中又充斥着教你如何恋爱和生活的信条。我总觉得我们被施加了魔法一样，跟随虚幻的东西，竟以为能够借此寻找到生活的真实之物。

可能是我无能吧，即使我可以回复这些邮件，我能说的也不过是重复李志的这句话：“找到自己想做的事情，就一直去做吧。”

我当然可以找出很多励志的故事，告诉那些人，如果你不喜欢自己的专业就去退学。同样我也能轻易举出无数个反例，告诉别人生活就是在妥协中耕耘前行。我当然可以告诉异地恋的家伙坚持就是胜利，也可以告诉她宽容与沟通是相处的不二法门。但我真的说不出口，更理解不了那些公开回复别人提问的人。这些时候我总觉得，任何言语与信条都会在生活面前变得不堪一击。

我们很难帮助别人找到自己，因为世间并没有一条法则可以在每个人身上得到同样的应验。另一个更加棘手的问题在于，更多时候，提问的人其实并非想要得到什么答案，他们只不过希望从另一个人那里、另一本书中，印证自己内心的想法。而大多数时候我们若真的感到迷失，也并非源于我们不知道自己该做什么，而是因为我们不知道自己想要什么。

所以，对于这些有关人生的提问，我想，自己才是最好的回答者。至于我这个无关紧要的旁人，还是应该选择沉默，我无法为别人的人生提供答案。

我不怕别人对我的无知感到失望，因为我本来就身处在卑微的芸芸众生中，我怕只怕有一天，他们明白了其中的道理后，调转过头，心中暗想，曾经那个“人生”的骗子，其实他并不可恨，只是有些幼稚得可笑罢了。

03 世上有爱你的人，你就无法真正自由

张君雅

过生日吹蜡烛的时候，在心底默默许了三个愿望，又总怕自己过于贪心奢求得太多了。过去的很多年里，不管是生日愿望、新年愿望，或是清明去拜山上坟，心里暗自祈求被庇佑的也只有父母家人的健康顺遂。我算不上是什么迷信的人，但在外遇到名寺古刹也会不自觉地进去拜拜，遇到献血车只要条件符合也会主动要求献血，是谁说的“不怕一万只怕万一”，我就怕那万分之一的概率会降临在我周围人的身上。

就像我，不管是看到路边衣衫褴褛的乞丐还是地铁上卖唱的盲人，或多或少都会尽可能地给予一些帮助。我坦诚，这的确是有私心的。我总想，如果真的是有福报的话，这应该也算是在积福吧。我总善意地自我欺骗，这些积攒起来的福气最终会回报在父母家人的身上的。好友的父亲之前被医院下了病危通知书，我陪她经历过她父亲的差点儿离开，这类话题便更加不敢触碰。家人稍微有个胸闷、头疼，便坚持一定要去医院拍片子做全身检查，其间的那些天还一直心惊胆战，直到结果出来才放得下心。但就算是这样，还是不忍心叫父亲戒烟，四五十岁的男人，生活圈子越来越窄，兴趣越来越少，压力越来越大，除了香烟，也难再找到其他的寄托，于是只好在一旁暗自担心着，背地祈祷着。

似乎是到了一个很尴尬的年纪，父母好像一夜之间褪去了英雄的光环。这些年回家的频率越来越小，间隔越来越长，然而每次回家都会发现父母又苍老了一些，曾经天塌下来也扛得住的脊背也一年比一年弯了，而我们却还未成长到能够接替他们担当起这份责任。更重要的是，为了尝试另外一些可能，我们使劲把一成不变的生活赶得远远的，拒绝聆听别人现成的正确的经验，放弃已有的安逸、省心的捷径。不管最终会是头破血流或者修成正果，在我们乖戾、狂妄、钻牛角尖的道路上，他们从未掉以轻心，甚至比从前更加努力，他们想做我们的最后一道防线，他们生怕我们一旦失足，便会彻底一败涂地，甚至失去东山再起的资格。

母亲年轻的时候是个地道的女强人，很早就考下注册会计师，自己的事业做得风生水起。之后父亲从国企离职下海创业，母亲二话不说就辞了工作去帮忙，开始的很多年里，不但收入大不如前，家庭、工作两头奔波假期基本就是形同虚设。即使是最艰难的时候，母亲也从来没为当时的决定后悔过。后来我在凤凰古城的“私奔吧”里看到一句话：“我从来不问你，我们要去哪里”，我想这就是母亲的心态吧。因为有爱的人，所以宁愿放弃自由，鲍参翅肚也好，开水泡饭也好，全部甘之如饴。

年轻的时候，我们总是态度鲜明，非黑即白，拼命执著于表达，迫切地让世界听到自己的愤怒。可愤怒终会平息的，能让狙击手放下武器的，总是玫瑰；比恨更持久的，总是爱。郑钧在歌里唱到，“我梦寐以求，是真爱和自由”。但荆棘鸟也有飞不动的那天，再不羁的游子最后也还是会尘埃落定的。这世上有你爱的人，你就无法真正自由。能够遇上甘愿为你放弃自由的真爱，是运气也是缘分。而有了爱，行动上或许会平添很多束缚和局限，如苦行僧一般跋涉了多年的心却才真正重获自由，在天地之间任意翱翔。

04 趁我还年轻，趁我还爱你

张君雅

我最近的生活特别规律。每天 7 点起床，白天上课晚上备考，图书馆闭馆时离开，回去冲凉洗衣、回邮件，11 点准时上床，躺下看一集手机里的美剧，12 点就能够入眠。我最近的生活也特别焦躁。有太多烦琐到快要 Hold 不住的手续文书需要处理，而更重要的是，在过去的几年里，我从未像此刻这样感受到无比强大的不确定性，那种来势汹汹的不安几乎要把我淹没。而让我欣喜的是，不论再怎样强烈的焦灼，我的生活步骤却并没有因此被打乱。我似乎终于习惯不再依靠食物或购物去发泄，也不再依靠肥皂剧或综艺节目去逃避。也终于明白，能打败不安的只有安定，能给予救赎的只有自己。

很多时候我都是一个悲观主义者，我总害怕预期太好，结果却总是事与愿违。可依然会莫名地去相信一些东西，比如善和美的力量，比如明天会更好。可能性其实才是最可怕的力量。一旦你感受到可能，便不愿再甘于平庸。没有与生俱来的平庸，所以总给自己暗示，只要相信希望，奇迹就可能会出现。生命是一场漫长的修行，在疲惫的生活里，这才是让人不死的动力。

这世界总是太变幻莫测，生活也总是鸡血、狗血轮番上阵。即使是对故事和情感依旧有着毒瘾般的依赖，靠谱儿的不靠谱儿的事情听多了也还是会变得没有感觉。《Will and Grace》第一季的不知道是哪一集里，有一天早上 Grace 心情很沮丧，因为她突然感觉自己似乎已经体会不到任何的浪漫、欲望、幻想，明明在跟一个条件很好的男人约会却没有任何的来电。Grace 说，难道就这样到了向平淡投降的年纪？

所以我才会特别感激，我还年轻着，我的感官还敏锐着，我还能够因为某些事情感觉到心脏剧烈的跳动，听到血液加速流淌的声音。此刻再难也好，彼时再顺也好，只要还年轻着，就足够值得欢喜。而此刻生活里的那些人、事，再多的不满也无法阻挡我对它的热爱，即便是它的复杂跟混乱都让我欲罢不能。毕竟，痛苦也好比麻木来得爽快。每每想到还年轻，还有爱的能力跟欲望，就坚信一切总有尘埃落定的那天，而在终点处，总会有美好在等待。

史铁生说，世事尘嚣，尤须心灵恬静，但求能宁静地面对上苍，相信生活终会为自己尽现衷情。我疯狂生长的头发又到半长不短热得要死的阶段了，不过它终会长长，在等待的日子里，除了自怨自艾，我有更重要的事情去做。

05 自由是不想干什么，就能不干什么

有人说，自由不是想干什么就能干什么，而是不想干什么就能不干什么。我们的成就很大程度上取决于自我管理或者自我控制的能力。

关于自由：自由不是想干什么就能干什么，而是不想干什么就能不干什么

曾经有人跟我说过，人的身体里有一个真我和一个假我，我们的大部分时间被假我蒙蔽住了，忘记了自己真正想要追求的东西。因此，我们要做的应该是追寻本真，不再被假我糊弄。

自由不需要家财万贯或是位高权重来实现自己想做的事，而是有能力控制自己做内心真正渴望的事。呵呵，说大些，功名利禄都是过眼云烟，这话谁不会说，谁又能真正做到呢？那些痛苦地攀爬在欲望阶梯上的人看似志得意满，午夜梦回，其实都会觉得悔恨吧，或捶胸顿足或暗自神伤，甚至逃避现实麻痹自我。堕入追名逐利的深渊已是欲罢不能，全然忘记了最初的梦想，心甘情愿地做了欲望的傀儡，哪儿还有自由可言？说小些，多少次告诫自己，复习完功课再看电影，可是有几次不是看书看到一半就找出各种各样的理由把电脑打开，一边满怀愧疚，一边津津有味地看电影。玩的时候笑是笑了，可内心真的得到满足了吗？那为什么每次这样之后都会觉得心里空落落的呢？呵呵，可悲

也可怜，自己的心控制不住自己的身体。

每次看《阿甘正传》或是《剪刀手爱德华》总是没来由地哭得死去活来。我不知道那感情是什么，或许是感动或许是羡慕。感动于他们能够那样真诚、坦率地对待身边的人，羡慕于他们对理想的傻傻的坚持，不顾一切，不计得失。

关于爱情：爱情或许就是生命中的劫，上辈子欠你的，这辈子一定要还，躲也躲不掉

上大学以来，看惯了各种分分合合，大学里的爱情或许就是这样的吧。这是个速食爱情横行的年代，是个为了寂寞而谈恋爱的年代。

我一直觉得爱情不是追到的。所谓的“追”其实是很莫名其妙的一个词。爱情，应该是两个人在互相接触、交流的过程中自然而然地倾心。以前总听人说，如果当我爱上你的时候你也刚好喜欢我，那该多好啊。在我看来，这不应该是件很难的事情。人是社会动物，在人和人的交往过程中情感是互相沟通交流的，一个人是真心地笑还是敷衍地笑，只要用心感受就能分辨。同样，如果你跟他在一起时感到开心和舒心，他必然也会有同样的感受，两个人的情感感受相同，同时喜欢上对方就是非常有可能的一件事了。

我发现我在闺蜜感情失意的时候越来越手足无措了，曾经我还会煞有介事地劝慰或是出主意、想办法，可现在我能做的也只是搂着她的肩膀让她靠着我。曾经我以为一些宽慰的话或是看似聪明的主意可以让她们从此放开。呵呵，现在我懂了，说放下就放得下的那不是感情。那些劝慰都是徒劳，不如让她们好好哭一场，理一理关系，再选择前行的方向。在爱情里，没有谁能帮得了谁，一切都是你自己的决定。爱情就是女人生命里的劫，一旦踏入了就无路可逃。

关于勇气：人一旦失去勇气，就很难再找回来

“自卑”“嫉妒”“仇恨”这些丑陋的字眼都是源于缺乏勇气。没有勇气正视自己的价值或是找到了不足却没有勇气改善，所以自卑；看见了喜欢的人或是喜欢的事物，没有勇气去争取，所以嫉妒；没有勇气原谅，所以仇恨。

我相信每个人都是善良、公正的，都知道什么是对什么是错，可是我们往往没有勇气去直面内心。或是整日周转于凡尘俗世，让那明净的内心落了一层厚厚的尘埃，通透的心性想见也见不到了。或是自我麻痹、自欺欺人，刻意不听内心的声音。我不想这样，我不喜欢这样。好多回，想做的事却不敢争取，看着机会从指缝间溜走还总是给自己寻找各种各样的理由，直到后来慢慢习惯了，麻木了，悲哀了。

关于他人：如果有一天你们看我总是穿粉红色的衣服，并不是因为我真的喜欢粉红色，而是我希望给你们温暖的感觉

小的时候喜欢蓝色、紫色和黑色，我觉得那样酷酷的，果敢而冷静，我希望做一个不被环境影响的人。可是长大后，我越来越喜欢穿橘色或粉色的衣服，并不是我真的喜欢了，而是我希望给周围人温暖的感觉。

我长得不漂亮，但我可以有灿烂的笑容。心情不好的时候我就会微笑，感觉有一股暖流从心底荡漾开来，虽然小小的，可是能够化解内心的寒冷。走在街上的时候，我总是努力带着微笑，我希望我见到的每一个路人都可以感受到快乐和温暖，偶尔某一天，看见迎面走来的人也朝我灿烂地一笑，我会为这笑容暗自开心一路。我喜欢林志玲，无论是赞美或是批评，她永远挂着甜美的微笑，不卑不亢。

06 你让自己过得好不好

我们认识一个女孩子，家境富裕，姿色一般，但是嫁了一个巨帅的老公。

三年前，我们谈及她，都很羡慕："她实在太幸福了，嫁了一个这么帅的老公。"三年后，我们谈及她，还是很羡慕："他老公实在太幸福了，一娶了她马上可以在某市某黄金地段某黄金楼盘买房子，买车子，少奋斗何止 30 年，太幸福了。"

仅仅三年，我们认为到底谁是 Lucky guy 的观点就彻底翻转了。我们终于承认，我们告别了纯真而美好的青葱岁月，开始走进真正焦躁而又现实的社会。

当我们开始注意，人民币是一种很重要的东西时，就不得不引用一位师兄的话："走向庸俗是人生的必经过程。"就像那个永远被夸的"别人家的孩子"一样，现在完全不缺"别人家"让你有参照物。比如说："别人结婚了""别人买房了""别人生娃了""别人买车了""别人买第二套房了"。

所以如果被问到"你过得好不好"，好像除了说"还行""还好""一般般"之外，就没别的什么答案了。因为幸福不是一个是非题，而是一个程度命题。

有没有一个量杯之类的东西，让你将自己所有的东西倒进去，得出“还算幸福”或者“一点儿不幸福”的答案？就是因为没有，摸着良心问，这是一个很难回答的问题。

有人和我活灵活现地说一个不是笑话的笑话：“在饭堂里面，大家谈起某人，开玩笑说如果给他打分，最多只能打个60分，但是有间房子，给他额外加10分，父母有保险，给他额外加10分，父母买了两套房，可以加20分。如此看来，他称得上一个如意佳婿了。”我点头一起笑，完全明白这个笑话的笑点。

其实，人到底追求的是什么东西？如果是物质的话，多少才够？要到什么时候，我们才能斩钉截铁地和别人说，“我过得很好超级好，我无比满意我现在的生活”？没有人会这么回答。即使你说：“你年薪十来万啊。”他说：“十来万在北上广顶多就是个温饱再多一点儿。”你说：“你股票刚赚钱啊。”他说：“别提了，我多么后悔出手太早了，如果再等几天，我就多赚20%。”你说：“你有房子了，有个归宿多么好。”他说：“你是不懂我的压力，赚的钱全还银行了，还不敢花钱，担心下一餐在哪里。”所以上周和老乡们对自己和“别人”的状态下了定义：别人的生活总是好的。自己总有赚不完的钱、干不完的活、操不完的心、相不完的亲。

上周，我们参加了一系列的游戏。其中有一个游戏叫作“25个选择”，玩的时候很开心，但我这几天会常常想起这个游戏，并且每一次想起来都有新的感悟。

这个游戏其实并不新鲜，很多人都玩过，你先写5个你不需要考虑价格最想买的东西，再写5个你最重视的人，再写5个你最想追求的生活，5个最能代表你性格的词语，5个你的目标。然后在很短的时间内尽快删减，然后看你留下的是什么东西。这个游戏最让人震撼的其实是它的过程和“别人的答案”。

刚写完的时候，你要找到这一群人中和你有同样观点的人，比如说有同样想买的东西，同样想做的事情，同样的目标，同样的性格。我发现，原来有人和我一样，想要过上“天天睡到自然醒”的生活；有人和我一样，实在想不到想买什么东西，干脆买黄金等待其升值的保守主义投资策略。

原来我和一群外表看起来温文尔雅但实际上“固执”或者“好胜”的同事一起工作……比如绝大多数人的目标或者想做的事情都是环游世界。比如说，有人想在马尔代夫买个私人岛屿。男生想弄一辆超酷超炫的跑车是通用的事情。我还听到我后面的两个男同事如此对话：“嘿，我终于找到你了。你一定和我一样，在最想买的东西里面，有一支球队！”“没有……”“那你还好意思说你是个合格的球迷？！”

然后，在一轮又一轮的下意识删减中，大家都很痛苦，速度一次比一次慢。刚开始的时候，很多物质的东西都可以舍弃，比如私人飞机、私人岛屿、私人球队、但是之后在“认真”或者“我最爱的宠物”中选择一个？

但之后我们都会为自己留下来的东西而深思，也为别人留下的东西而深思。比如有一位同事，删减到最后依然没有删减掉“善良”，他认为这是最重要的。所以，他之后被大家称为“死都要善良”。比如有一位同事，物质的东西、精神的东西，什么都删减完了，竟然还剩下了“国家强盛”。问他有何感想的时候，他还很认真地说，觉得自己还是很狭隘，其实应该期盼世界和平。

你认为重要的东西，别人可能第一轮就铲除了。你觉得很无所谓的东西，是别人坚持的底线。

有多少人认为善良是无所谓的，在换取物质的时候可以无所谓地交换出去？这个问题不用回答，因为我们可以看下周边人的选择。我的选项中有一个是“乐观”，这是我一直没有放弃的东西。我知道它很重要，但是我不知道它这么重要。

原来我一直没有放弃乐观地看待这个世界的看法，即使是现在，在我知道什么是人情冷暖，什么是艰难困苦之后。我一直想保存我心里那个小小的火苗，即便日后再艰难，还是想要抱着它取暖。我潜意识里认为，如果我不能这样看待这个世界，我就完了。

谁知道前路有什么东西等着我们？谁知道未来是否有我们无法解决的困境？谁知道我们会不会变得忧郁？谁知道以后是否有让人极端恐惧的背叛？但我应该牢记，25 岁的现在，我希望自己是个乐观的人。

我们玩一个主题为“Dialogue in the dark”的游戏，进入一个完全封闭和黑暗的空间，以声音为指令完成任务。我们是否会恐惧残废或者死亡，或者残废着等待死亡？如果有朝一日，我们不能用眼睛看清这个花花世界，那么那时是会否绝望，现在是会否恐惧？

我最深的感触其实是黑暗的空间。在黑暗中，我感觉自己身处一个很大很大的空间，我不知道前方是否有人挡着我，我也不知道左方是否是墙壁，我只能用手杖一步一步地探索。每次，只敢走一步的距离。但事后当我用双眼看，我发现这是一个不算宽敞的空间。那一瞬间，我顿有所悟。

我们所认为的困境，是否真的有我们所认为的那么大？那些困扰我们的烦恼和痛苦，是否真的会一直持续？如果走入了绝望的黑暗，我们是否能坚持等到光明的到来？就如同那位指引的老师说的：“在你进入黑暗之前，你会紧张、害怕、担忧。但两个小时后，你会发现自己已学会适应这一种黑暗，并学会享受它。直到最后，你和你的伙伴在黑暗中能够举杯欢庆。你总能找到方法去适应它。”如果有朝一日遇到了让人绝望的黑暗，我们是否能鼓起勇气，等待救赎？或者，让自己习惯黑暗。

回到那个问题，“你过得好不好？”

如同 LX 和我说的：“过得好应该是一种能力，如果一个人决心让自己过得好，那么他一定能够让自己过得好。”

我相信。我一直可以回答：“我在努力让自己过得好。”

所以，我回到广州生活，购置了锅碗瓢盆、油盐酱醋，按照我的想法在做我的事情。不再去考虑太多物质的东西，因为虚空的，总是虚空。我慢慢锻炼自己不要透支对未来的烦恼和忧愁，让自己不要顾及别人的眼光。

也许，我可以等待能够回答这个问题的一天，我也耐心地等待着答案。

佛问沙门：人命在几间？对曰：数日间。佛言：子未闻道。复问一沙门：人命在几间？对曰：饭食间。佛言：子未闻道。复问一沙门：人命在几间？对曰：呼吸间。佛言：善哉，子知道矣！——《四十二章经》

07 为何这么努力，最后也不过成为一个普通人

紫凌冰风

考前，他有个北京梦。那里有很多年轻人向往的东西——最好的工作，最多的机会，最浓的文化，最美的夜景。在他眼中，青春属于挑战与打拼，不能一辈子在闭塞的小地方墨守成规地活着。他总说：最好的生活，值得不遗余力去追求。

于是，为了门门优秀，他一视同仁倾注百分之百的努力，无论喜欢的数理化或不擅长的文史哲；为了竞赛夺冠，他一如既往穿梭于各种辅导培训班，无论酷暑炎夏或腊月寒冬；冲刺时期，每天十几个小时伏在桌前，一遍遍做着真题与练习。他从不敢胡思乱想，也不准心中绷紧的那根弦因外界干扰而有丝毫的松弛或颤动。就这样，他熬住了一个又一个挑灯夜战的日子，以绝对优势的成绩走进那座城市首屈一指的学校，读着口碑相传的专业。

高考前，任何地方对你都有吸引力。他喜欢北方的大气，也欣赏南方的精致；向往大城市的华美，也眷恋小城市的故事。对你而言，世界是个万花筒，从每个维度都能看到独特的风景。你常想：在将来还是未知数的时候，要抱着

乐观向上的心情不断学习，然后对所有的结果坦然相待。

于是，在发现付出同等时间与精力下理科总是拿不到一个A，你选择更多兴趣也驾轻就熟的文科；在意识到无论怎样努力成绩排名一直在中游浮动，你学习书法、绘画、音乐、舞蹈去充实课余生活；备考阶段，焦虑彷徨时和老师谈谈心，茫然犹疑时找朋友说说话，状态不佳就看看小说、听听音乐、做做运动。就这样，你伴随着一声又一声“一起加油”的鼓劲，凭相对正常的发挥入读省内一所不算知名的学校，选择自己喜欢的专业。

大学后，他兴起赴美深造的念头，并认定纽约是最棒的城市。在他眼中，那是一个被誉为世界金融中心的繁华都市。如果在纽约能够成功，那么在任何地方也可以成功。他总说：“应该走出去，从国内迈往国外，从亚洲走向美洲。”漂泊，因为梦想；闯荡，趁还年轻。

于是，“教室—食堂—图书馆—宿舍”四点一线，“四六级—雅思—托福—GRE”斩将过关。坚持“人无我有，人有我优”的原则，让自己的所有时间全部满挡。除了计划与完成计划以外，难有空闲留给其他人、其他事。他喜欢深夜的幽暗，深邃与沉静让他愿意放下平日的浮躁与张狂。他着迷于用忙碌燃烧青春，并热烈地拥抱着这种生活。用四年的时间，孜孜不倦而心无旁骛守住一个只属于他的世界。就这样，毕业时他以所有功课全 A 的成绩登上最高学术荣誉的领奖台。

大学后，你不急于去纠结出国、就业或是考研。对你而言，哪里都是生活，哪里都有人生。不管身处哪里，每个人快乐悲伤的总量都一样。只要脚下的路永远通向自我，那么现在的自己就是最好的那个人。你常想：待在父母身边，在小城市里有枯有荣地长大，不也是一辈子？平淡是福，知足常乐。

于是，课堂里，有你奋笔疾书的样子；社团中，有你忙进忙出的身影；图书馆，有你专心致志的神情；舞台上，有你载歌载舞的姿态。你探索着多彩校园带来的变化与新奇，如果生活像朵玫瑰，你还希望走出去看看别的颜色，并时不时地把别的颜色拿过来和玫瑰色搅和一下，看看能出什么花儿。你偏爱清晨的阳光，朝气与温暖让你相信世界的宽厚和美好。节假闲暇，或陪伴父母在家，做做家务；或组织同学聚会，聊聊近况；或亲临农村支教，志愿服务；或踏入社会实习，学以致用。就这样，毕业时你凭丰富的实习经历、较好的交流沟通能力、灵活得体的口头表达征服了面试官，顺利拿到心仪的 Job offer，虽然公司名气不大、离家不近、待遇普通、薪水一般。

单身时，他希望的 TA 能与自己门当户对、旗鼓相当。在他眼里，棋逢对

手、将遇良才，才能惺惺相惜、由惜生情、由情生爱。他努力修饰外表、丰富内涵、勤下厨房、学做家事，是为了以更好的自己遇见TA。他不是王子，却仍希望给TA公主一样“物质其外、幸福其中”的完美爱情。

恋爱了，他希望所有人知道TA对他的意义。过生日，他秘密联系TA的众多好友，一起陪TA吹蜡烛许愿望；情人节，他捧来大束玫瑰花在TA宿舍楼下将精心布置的心形蜡烛点燃；纪念日，他把对TA难以言表的告白诉诸笔端，连同一切定格在相机里的甜蜜整理成册，上传空间。他总说：“爱就需要刻骨铭心、轰轰烈烈。分享自己的幸福，也希望温暖别人的孤单。”

单身时，你理想的TA可以知你心忧、谓你何求，愿意跟TA在一起，也可以舒舒服服地做自己。对你而言，那个对的人并不是所有优秀条件的简单叠加。除了条件论，爱情还需要一点儿恰到好处的怦然心动。你想要的爱，是因欣赏与默契相遇、以信任与包容相守，互有配合与妥协，而非一方纯粹的迁就、改变与自我牺牲。你也做过公主梦，期待遇见王子有着童话般的结局。现实中却发现，世界上大多数都是默默无闻的普通人。即便真的有王子，你也不是公主。

恋爱了，你的爱情只有你和TA知道。每当TA在和人谈事情，你会退到一个离TA不远的角落静静等。两人偶尔不经意的视线交会，彼此眼神里都是满满的深情；你常年只使用一个手机，款式老旧也从不更新。因为是和TA一起做兼职时攒钱买的，你特别喜欢也格外珍惜。你与TA，没有微博上的蜜语互动，没有“人人”里的特别好友，没有惊天动地的浪漫，甚至所有的约定与誓言中不曾说及一个“爱”字。但爱已化为无形，无时无刻、无所不在。你常想：爱是这样平平淡淡、简简单单。在这个过程中，彼此都会变得更好一点儿。最终，不是你寻找到最好的，而是让那对的人来拥有你。

有人感慨：越来越发现，改变命运的好像不仅局限于知识，照进现实的也不再是最初的梦想，为什么这么努力，最后也不过成为一个普通人？

我想可能生活中本就有各种人的存在，只是每个人有自己对于幸福的理解：有人以“做人要往高处走”为幸。不断攀岩向上、披荆斩棘，拥有人定能胜天的自信，也享受一览众山小的快感。——像“他”。

有人以“生活应向宽处行”为福。哪怕生活是一台循环往复、相似运转却永不坏掉的机器，每天愿意给自己多一点儿时间，做自己想做的事情，为快乐找一个信步生活的理由。——如“你”。

无论站在哪个立场的幸福都没有指责另一种幸福的权利。只是每个人有

自己对待生命的活法：有为进大城市、赴美深造、拥有完美爱情而义无反顾的努力，像“他”，追求生命不息、努力不止，凡事要逆流而上；有甘于小城市、留国工作、享受简单爱情的普通，如“你”，讲究选我所爱、爱我所选，凡事可顺势而为。

或者，还有一些人可能什么都不用做，一辈子拥有的东西依然比“他”与“你”多。无论站在哪个立场的活法，都不必羡慕另一种活法的自由。

努力，是人生追求；普通，是追求人生。他的努力，他去埋单；你的普通，你来接手。他从不为得失抱怨，你未曾因平凡悔过。

彼此都在以不同方式为过上各自想要的生活执著坚守，所以，他努力他的努力，你普通你的普通。其实，他的一切与你无关。

08 我们各自努力，朝着不同的方向

名字里都有个狐

在我才刚入行的时候，公司同时招了 3 个实习生，我、阿米和老朱。小公司，十来个人服务 4 个项目。我们三人作为助理各参与其中一个不是很重要的项目，我们每天所做的事情，不过是接接电话，传达下工作单，开会时旁听并记录会议纪要而已。我们三人常常在一起抱怨工作的无聊、领导的吹毛求疵、在上海生活的艰辛，我们偶尔也会聊聊理想。是啊，作为独自在上海打拼的外地人，如果没有理想支撑，如何能熬过最初的艰难岁月呢?

老朱是我们之中唯一的男孩子，他的理想是五年之内做到总监。他信誓旦旦地说，你们放心，我一定会做到！那时候，在我们的眼里，总监是多么高不可攀，不易达到。我和阿米跟他开玩笑说，如果他做到了总监，我们就到他手底下干活儿，这样就不会再受到白眼和欺凌了。

阿米的理想是嫁一个知冷知热、真心对她好的人，前提是他能在内环内首付一套房子。阿米来自四川某山区，在她眼里，能定居在上海，已算是出人头地了。

我那时候还不知道自己要什么。唯一能确定的是，我讨厌为一日三餐绞尽脑汁，讨厌住屋子里没有卫生间的昏暗老公房，讨厌买点儿零食都要算计半天。我认为我的心思应该花在重要的事情上，然而什么是“重要”的事情，我却不知道。阿米和老朱帮我总结：对于你现在来说，最重要的事情就是，需要赚更多的钱来支撑优越的生活！我想了想，点点头回答说是。

几个月之后，老朱服务的项目炒掉了我们公司，公司将重要的人员进行了重组分配，将不是很重要的人员，如老朱等辞退。老朱走的时候，我们三个人一起吃了饭，老朱说，就算公司不炒他，他也打算走了。因为在这样朝不保夕的小公司，没前途！

老朱的话我听了进去。我仔细地“算计”了收入和支出，发现继续待在这家公司，两年内无法改变现有状态，于是在来年的春天辞职，跳到了一家以加班为特色的大公司。阿米还留在原来的那家公司，只是从策划转到了销售岗位。

之后的两年，我经历了一个人单独做 7 个项目、一周上 7 天班 7 天都在加班的状态，我的专业能力和薪水节节攀升，我也过上了住好房子、吃好东西、月薪略有盈余的日子。然而，无止境的加班带来的最严重后果是，我的身体出现了状况，头晕耳鸣，并在一段时间内出现了幻听。有一天太过疲倦，我从楼梯上摔了下来，虽然没什么大事，但也在病床上躺了整整一周。我以为我可以休息一下了，哪知我的领导说：“项目是你跟的，别人一时也接手不了。你现在摔坏的是腿，不是手，只要还能坐起来，就把笔记本带到医院，坚持做。”我自然不肯，还为此委屈地哭过。领导想了想，决定再给我加 2000 块薪水，让我把工作坚持做下去。为了那 2000 块，我当时——从了。

从医院出来之后，我又做了半年，这半年，我想了很多。想得最多的是，我要的究竟是什么？如果为了这点儿薪水，就把命搭上去，实在不划算。由此，我第一次仔细地思考了我所从事的行业。这个行业，想要做得好，就只能付出比别人多十倍的努力。我是一个传统的女人，婚前可以以工作为重，但婚后必然会将大部分时间给予家庭。继续从事这个行业，家庭无法兼顾。这不是我想要的，那么这个行业不是我的唯一。也就是说，我需要给自己更多的选择。

之后辞职，找到一家业内排名中上的公司，凭借着之前的工作经验做了主管，其后又逐步升到了项目经理、部门经理。在这几年的时间里，我学了心理学，考了国家二级心理咨询师，并陆续经朋友介绍承接一些业务。空余时间

也会写写稿，帮朋友的杂志写几篇专栏，跟新加坡的编剧合作写剧本。可以说几条线同时在发展，时间均匀分配，虽做得不是很好，可也算游刃有余。在这样的努力下，我越发有底气，不再迷茫，并认为自己在现阶段已经寻找到了我想要的生活——凭着自己的努力，在人生的特定阶段做特定的事情，不盲目求快，不贪多，不紧不慢，一步步许给自己一个未来。

在这几年的时间里，阿米嫁了人，房子在上海，老公在身边，宝宝在肚子里。老朱成了一家公司的总监，带了十几个小弟。再打电话，阿米会跟我抱怨老公工作太辛苦，常常半夜三更回家，让她好担心。老朱会跟我抱怨现在根本就是“88”、“89”、“90后”们的天下，这群人实在太难管，经常沟而不通。然而除了抱怨之外，我们再也不谈理想，谈得更多的是房子、车子和压力。我从来没问过在这个过程中他们都经历了些什么。我知道，要想得到，必然得付出十倍的努力，他们在这个过程中的艰辛不会比我少。我想，他们都跟我一样，已经确定，很多时候，理想只是一个方向，无论你有没有理想，你的理想是什么，都不重要，重要的是，你知不知道你想过什么样的生活？你有没有为此而努力？

或许有的人会说，我已经很努力了，但是距想要的结果还太遥远。我只能说要么是你定的目标不对，要么是你努力的姿势不对，要么是你根本不够努力。“我们要多努力，才能看起来毫不费力”。这个过程中的艰辛，只有努力过的人才知道。而只有你爬到了山顶，整座山才会依托你。

chapter 5

第五章

其实我们可以不是有些人

每个优秀的人都有一段沉默的时光。那一段时光是付出了很多努力，忍受孤独和寂寞，不抱怨不诉苦，日后说起时，连自己都能被感动的日子。

01 不要用 40 岁的心情，来度过 20 岁的人生

全俙西

20 年来，我晚上 11 点睡，早上 7 点半起，喝一大杯水，吃一个苹果，然后吃全麦吐司。中午吃鸡丁和芥蓝。吃完饭洗衣服，衣服必定是前一夜放入洗衣液的。两天看一集美剧或者一部电影。每个月买两件衣服，不多不少。上午学习，下午实习，不会把学习的事情挪到下午做，也不会把工作的事情放在上午处理。

成绩、社团、实习、活动，一个都不能少，还要有个兴趣爱好什么的。这样的人生就是好的人生了。如果还有一个男朋友，长得不坏，背景不坏，前途不坏，那就更好了。实在是没什么可挑剔的人生，我突然这么觉得。

拼命工作，怕以后买不起房子。拼命学习，怕报不上好学校。拼命买衣服，怕自己比别人难看太多。拼命提醒别人我的生日快到了，怕过生日时没人想起我。拼命……总之，做什么都挺拼命的，甚至拼命谈恋爱，怕以后没人要。

去看我的博客，那些流水账基本上每天都恨不得列个表出来，分别是学习、工作、娱乐项目、拍拖，然后恨不得再打个分。实在是可笑又没什么可圈可点的人生，我突然这么觉得。

想未来想得太多，就真的容易活在未来了。人生最悲哀的事情，无外乎是在 20 岁的时候拿 40 岁的心态来活过了。

报上个好学校去念书，那亦是人生难得的一部分经历，在另一个五光十色的城市求学、走路、看书、吃饭、生活。但那并不代表这就是一个美满的人生，太多的路，最后都会殊途同归。

有个不错的男朋友可以被八卦，你们有段未来让你畅想，不是坏事。但是，如果整段感情都来自一个安心的未来，又怎么可以？我靠近你，不是因为你什么都好，不是因为你能给我一个安心而不错的未来，不是因为你是我的男朋友，不是因为我觉得我们肯定这一辈子会这样好好走下去，不是因为再找一段感情代价太大，而是因为我爱你，我觉得看到你就会心动。在这段感情中，除了爱，我别无所求。这样一想，连分手都会轻易很多。

丁鹏亮说，我觉得你原来把太多的未来都放在了我们的关系中，但是我想你觉得这样很幸福，那我也慢慢接受了。如果哪一天你觉得和我在一起只是在指望那个未来，觉得要离开我了，那我也能够接受。我觉得，以后和你结婚组建一个家庭和现在我们出去玩一天这两件事情没有什么区别，都是两个人去做

的事情而已。

我原来总想，要把两个人的未来放在一起计划，这是成熟的爱了，好累。去做你喜欢做的事情吧，如果有爱，在天涯，在海角，那都没有关系。

去约会，不用有很长、很详细的计划，把每一个细节都想得那么清楚，不用把每一个指甲都涂得刚刚好，就是出去走走，不用拥抱，不用接吻，就很好。

去远方，不用每次都等到考试结束，比赛结束，托福结束，申请结束，那样的话，这个Deadline结束了，还会有永无止境的Deadline。如果你觉得想出去走走了，那就坐上大巴车，兜兜转转去吃一块好吃的芝士蛋糕吧。不用每次都想要95斤刚刚好的体重，爱你的人又不会嫌弃你的体重，很多时候我们只是过不了自己这一关。

至于职业规划，再多的规划都是屁。找一件喜欢的工作，全身心地去做，够养活自己，够租个房子，还有一些发展空间，是不是就不错了呢？觉得累了，就去跳支舞，奋力地把自己摔得这里肿那里肿，再出一身汗。

还有，最重要的事情，是我们活在这个世界上，都不能毫无牵挂地去做喜欢做的事情，我们都要先养活自己，赚一点儿小钱，在世界上有个小位置。丁鹏亮说，可以把喜欢做的事情贯穿在一点一滴的生活中，很多天后，你的轨迹就跟别人不一样，会更接近自己想要的方式。最后才会更有可能等自己终于完成了那个重要的基础之后，洒脱地去做自己喜欢的事情，过自己想要的生活。

我们为什么而活？为每天按时起床、喝水、吃苹果、洗衣服？为每个月按量买衣服、看电影、读书？为了更高的学历、更好的房子、更好的工作？为了一个般配的男朋友，一段稳定的婚姻？为了用 40 岁的心情来过 20 岁的人生？

我们为什么而活？小时候为了走出那个小山村，现在为了走出北京这个大城市，将来为了走出地球去见火星人？

我们为什么而活？罗素说，因为爱，因为对知识的渴望，因为对人类的苦难不可遏制的同情。

我们为什么而活？因为我们活着。

再不畅想未来，只要好好生活。

02 关于爱情，陪伴与懂得比爱重要

从扬洋

听说了很多凄凉的故事，关于爱情，关于亲密关系，关于婚姻。

有个女孩，四年爱情长跑，两个城市，一段距离，满心的期盼，却换来更大的距离——跨国。又是两年长跑，8 个小时的时差，带着抱怨，带着怨恨，带着期待，带着委屈，带着太多无奈。女孩问男孩为什么要出国，男孩没有解释。于是，女孩做了一些不好的事情，男孩知道了，更加不知所措，大洋的彼岸，心碎的声音，深夜和白天的哭泣。女孩说，我错了，希望能有机会改正，希望去好好弥补。女孩说，一定要去珍惜，一定要做个好妻子。男孩却冷冷地说，需要时间和安静。后来，女孩知道男孩在大洋彼岸也有喜欢的人了。女孩茫然了，不知道是要留在这个城市去拥有好的工作，还是放弃现在的工作和机会，去他的城市找他。

走还是不走，放还是不放。在面临纠结错综的感情的时候，这个问题首当其冲。有的人放弃了，有的人还在坚守着。有的人找到了更好的结果，有的人一直没有等到想要的结果。在咨询室里，这个问题被无数次地问到，这个问题也得到了无数的答案。这个问题曾有无数的观点，可还是一遍遍重复着、茫然着。

当初，因为什么原因而走在一起已经不重要，重要的是现在该去怎么做。可是，我不知道，不知道是该放弃还是继续去挽留，不知道是谁对谁错，谁对不起谁，谁又该让步。我只好奇现在发生了什么，内心经历了怎样一个过程，在这段关系的互动中，呈现了怎样一幅图画。

我看到了女孩给我描述的图画，女孩在期待男友可以原谅，可以放下过去从头来过。女孩不停地给男孩写信，告诉他有多么地爱他，有多么地愿意为他付出。女孩不停地在告诉他她现在有多痛苦，多难过，多后悔，女孩不停地在告诉男孩他的冷淡给了她多大的伤害。女孩一直在说她虽然有过一些不好的行为，但心还是属于男孩的，她拒绝了很多追求她的人，拒绝得很坚决，不像男孩一样心已经不能专心给到她。而男孩是那么无情、那么不去努力，还告诉她不要等了，去找一个更好的吧。在女孩那么努力的时候告诉她他只需要一些安静。

我也看到了另外一幅图画。女孩有些讨好，用她的眼泪和誓言去讨好，甚至用她自我的牺牲去讨好，去牺牲好的工作，牺牲远离家乡去讨好，可是男孩

收不到。于是女孩有些指责，指责男孩不该冷淡，不该忘不掉过去，不该把心思分给别人。这种讨好又指责带来的是最差的感受，女孩纠结、愤怒、委屈、无助、孤独。女孩背负全世界，只想得到一个他，可是男孩却熟视无睹。女孩认为，只要够努力就能够去感动，只要去感动他的心就能回来。不能再频繁联系让他更烦，不能不去联系他会真的忘记，不能告诉他自己的事情，他已经不想听，可是爱一个人才会跟他讲那么多故事。女孩对男孩有些期待，期待男孩可以回头，期待男孩专心，期待男孩给她一个机会。女孩对自己也有些期待，期待自己成为一个好妻子，期待自己可以感动他。可是女孩还是有些东西看不到，那就是自己的渴望。女孩只是渴望男孩给她一些关注，给她一些爱，给她一些安全，告诉她可以等他，这样女孩就什么都愿意去做。

女孩说，她很了解他，他心软、善良，她正是抓住了他的心软，才愿意去争取。

可是女孩看不到男孩的内在。在男孩的心里又发生了怎样的扑朔迷离？男孩也有些彷徨，有些惆怅，男孩有些逃避，在我们的观点里称为“打岔”。男孩也有些愤怒，有些委屈，更有些孤单和无助，男孩没有那么坚强。男孩有些想法，留恋曾经的美好却难以接受当下，和女孩在一起的日子曾经是那么美，现在却是那么苦楚，女孩做了些不可被原谅的事情而自己又无法去接受，想要和女孩再度美好却怎么也找不回曾经的连接，内心那份深深的连接。男孩在表达自己的无奈，希望不要再联系，希望有些安静，这些是男孩的期待。男孩希望并期待自己可以去面对伤痛，男孩不想再纠结却找不到出路，希望让女孩放弃好让自己做出选择。男孩看不到未来，放不下过去，这是男孩的痛苦。可是他们又都忽视了男孩真正的渴望，男孩说他需要清静。需要清静只是男孩能拥有的所有词汇，还有些东西男孩想要却不敢，身在异国他乡，男孩渴望被温暖，渴望被关注，渴望被理解，渴望有连接，渴望自己不再那么孤单。男孩不知道怎样向女孩要，因为女孩现在是这么脆弱，甚至有些让人心烦。所以男孩选择了从别的女孩身上去要，却又陷入了内疚，更加的迷茫。男孩不知道，他像一个蛋壳一样，小心翼翼地保护着自己。

男孩想摆脱这些纠结，这样就不用内疚，也可以安心地去满足渴望，对于理解、温暖、关注、连接的渴望。男孩满足渴望的方式，就是让女孩给自己安静。而女孩满足渴望的方式，就是不停地用付出的方式去索取、去要，不得，又讨好或指责。

上帝只是在云端轻轻眨了下眼，就让彼此都看不到真实，而选择了在自己的世界里继续苦苦挣扎。

关于爱情，其实可以做的，很简单，就是看到彼此的渴望是什么。当愿意看到的时候，才开始有了明了，该去决定，要选择什么，放弃什么，要怎样去做。

每当我在咨询室里听到这些故事的时候，我常常和他们讲一个隐喻，你有一个瓶子，他有一个瓶子，这个瓶子是用来装心理营养，用来装渴望的。因为爱，两个人在一起。当彼此心理营养都很充足的时候，两个满的瓶子相遇，相互补充，相互交换，相互滋润，是一段甜蜜的关系。但是又由于某些原因，因为彼此的匮乏，而开始出现分歧。剩下两个空瓶子面面相觑，一直通过各种心理游戏来索取，索取，向对方索取，希望对方能把这个空瓶子填满，填满爱，填满关注、理解、温暖和连接。可是又看不到，对方的瓶子和你一样匮乏。于是分歧升级，于是走到了十字路口，于是开始彷徨，开始质疑：爱还是不爱，走还是不走。

有时候他们会说，因为不爱了，所以要放手。又只是因为习惯了或其他原因舍不得离开。爱情像一根鸡肋，放还是不放，都是一种痛苦。但是通常，我不会相信他们的这些话，也没有答案可以给他们，因为我不相信真的不爱了。

倘若真的不爱了，可以很好放手，不需要一些理由的阻碍。

在内心的最深处，还有一样东西被小心翼翼地保护着，那就是关于自我的存在。他们相爱过，或者曾经产生过爱的感觉，是因为在灵魂上曾经产生过交融、深深的连接，曾经忘记了自我的存在，忘记了自我还是个个体，而融合在一起，那就是爱的本质，也是来承担爱的载体，是爱的接收器，也是爱的源泉。只要那个东西还存在，所谓的爱，完全可以再度升起，燃烧。可是自我又那么弱小，像一团即将熄灭的火，等待着拯救，等待着爱来滋养，等待着燃烧。于是外在就是渴望爱，期待爱，拼命用各种心理游戏去索取，得不到又感到受伤。

透过层层问题的表象，你需要的仅仅是认识到自我的存在。然后，在这个层面上再度连接，再度交融。这个自我，就是瓶子本身。所以，怎样去面对关系也开始渐渐明朗起来。

让自己的瓶子变得坚硬、充盈，成为一个好的源泉、有力量的火种，然后填满，滋养，生出爱，然后去给他。那里出来的爱，不是索取，不是控制，不是牺牲自己。

第一步，看到。看到在关系里发生了什么？在两个人的内在世界里发生了

什么？

第二步，决定。在当下做一个决定。要不要去改变，敢不敢尝试。无论做不做决定，都面临着 3 个选择：选择放弃，不再去努力尝试，然后接受相关的代价，带来失落、懊恼、后悔或者有幸找到新的出路；选择继续纠结、痛苦、挣扎，在关系里继续用原来的模式继续着原来的结果；选择去改变，尝试改变，尝试用另一种方式去面对。我会建议来找我的人选择最后一种选择，去冒险。因为如果你冒险，你失败了，你就多了一个原因去决定。你真的在中间努力过，你没有放弃。如果现在停下来，你就是放弃了。如果你做了，没有成功，也许你就真的可以放下。对你来讲，现在放下就等于放弃了。也许你可以做得更好，对你自己再多知道一些。

第三步，把自己的瓶子填满，让自己真的强大起来。深深地扎根于大地，扎根于宇宙。首先肯定自己，肯定自己的存在，然后给自己一些欣赏，坚持到现在，都没有放弃。再给自己多一些欣赏和肯定，让自己强大。然后去爱自己，去爬山、享受美食，去好好工作，照顾好家。去给自己关注，给自己力量，给自己温暖，给自己爱。做自己的主人，自给自足。这是一个很难去说明白也很艰难的过程，也是最重要的一个过程。通常，对不同的人我会和他们探讨不同的方式去照顾好自己。可是，我始终没有总结出一条亘古不变的方式。

第四步，当自己的瓶子坚硬且满的时候，就不再去向对方索取，而是能够给到他。给他无条件的爱和关注，给他理解和温暖。付出爱的时候也不再渴望着该怎样去面对他的反应或冷淡。而这才是真正的爱，毫无索取、回报的付出。这才是真的感动，对方不会因为你做的事情而去为你感到担心，不再因为心软而心疼你，不再委屈自己再去满足你，而是慢慢融化心中的冰，慢慢敞开心扉，慢慢跟你学会了如何付出爱。这是一个漫长的过程，少则数周，多则数年，但绝非两三天能做到的。

最后，就是小心去维护关系，时刻检查自己的瓶子是否是充盈的，是否是满的，时刻去检查自己瓶子的状态和他的瓶子的状态。

关于爱情，是个很有意思的话题，有些简单，又有些复杂。关系里有你，有我，两个世界都需要去关注到。

关于亲密关系，常常顾及这两个世界，恰恰还有一个很微妙的世界，还有一个很容易被忽视的视角，在关系里起着至关重要的作用：我们、我们的世界。

“我们”的世界里的男孩和女孩都沉浸在自己的世界里，忽视了对方的世

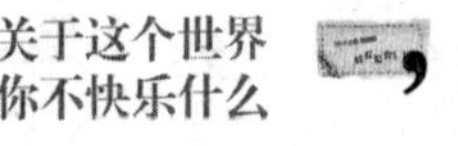

界，更忽视了“我们”本身，那就是“我们”的渴望，还是渴望能再度相互满足，再度在一起的。

关于爱情，我最后想说的就是不要再等待着被满足，不要再不停地去索取，走出去，走过去。走出来，就看得见阳光，一直都在。愿天下有情人终能看到深处的爱。

03 经营好自己的生活，别人才会想要靠近你

陈彦君

每次回家，我都会翻看以前的日记，这次是2007到2008年那个时候，大一。

今天看到一句话，“每个优秀的人，都有一段沉默的时光。那一段时光，是付出了很多努力，忍受孤独和寂寞，不抱怨不诉苦，日后说起时，连自己都能被感动的日子”。我感觉自己的生命流淌到现在，有好多这样的时光，初三时，高二到保送前，还有整个大一。大一下学期，很努力地在准备“专四”，很努力地在背新概念课文，很努力地在准备中口（中级口译）。那个时候，没有爱情，没有抱怨，整天踏实地安于自己的生活。

前几天和表哥一起吃饭，他已经是30岁的人了，面临各方的压力。他没有结婚对象，工作不稳定，被迫和别人家的孩子做比较，他急于想证明自己，结果越来越乱，抽烟喝酒，用忙碌来掩盖自己的空虚。我说：哥，你要经营好自己的生活，别人才会想靠近你。

有一年的圣诞节，我许下的愿望是“爱我的人不寂寞，我爱的人也爱我”，

现在那个黄色的小信封还在某个日记本中安然地躺着。中间的几年也追求过，也拒绝过，渐渐发现，不需妄自菲薄，不要汲汲戚戚，不倾倒，不卑微，不依赖，不嫉妒，只需这样，就会遇到命定的那个人，即使没有遇到，也对得起自己，至少我在认真地生活。

自信了，才能安宁。以前，总觉得自己不够漂亮，身材不够好，在美女面前总是自卑。后来，渐渐看淡了，改变不了的，时间也留不住的，何必强求？腹有诗书气自华。有一次给一所美国小学做 Patriotic assembly 的翻译，在场的有 500 多个美国小孩，80 多个中国小孩，还有领导、老师和家长，译得不算 Perfect，但也算是落落大方、游刃有余。结束之后，Everyone came to me and said “You are so brilliant” . 有一个小女孩从我旁边经过，对我轻轻地说了句，“You're pretty”，我笑着说 Thanks，觉得能被孩子这样赞扬，生活其实也挺美好的，因为那个孩子的这句话至少比我听到的很多赞美都真诚。

高中时一个朋友说，考试前的惴惴不安都源于对考试结果的惧怕，不去想结果，只要努力，就是最好的结果了。从那之后，每次考前或者重要事件前的祈祷，我都只祈求上帝给我自己应得的结果，我的努力值多少，就给我多少。对于英语，我采用的是一种匀速前进的方式。现在越来越忙，也越来越静不下来大规模地自习了，但是我很庆幸有些很好的习惯一直伴随至今，每天背几分钟单词，每天看一篇 Yahoo news，每周听一个 TED 演讲，定期地进行口译练习，广泛地阅读，不明白的名词必定记下来去百度，所以遇到什么考试或者问题，想想自己是这样走过来的，心里就有种莫名的安稳，也就没什么可怕的了。别人在努力复习考试的时候我并没有多努力，但是别人在玩的时候，我并没有很空虚。

只有内心足够强大，才能看得清，才能选得好。我觉得自己很幸运，在机会降临的时候正好接住了。但也因为很多东西得到得太简单，总有种不安全的感觉。阿 mang 说，因为我们都是取了 Shortcut 的人，所以才有这种感觉。但是，他随时都做好了回去做苦逼小程序员整天写代码的准备，同样，我也随时做好了去做每千字 50 块的笔译或者去个不知名的教育机构讲新概念的准备。

年轻的时候曾因为失恋不吃不睡，现在却像个怕死的老人一样小心翼翼地生活。认真地吃早饭，每天尽量吃五种以上水果和蔬菜，定时吃粗粮和动物肝脏，不睡懒觉，不生气，饭后百步走，半年做一次体检。林妹妹固然惹人怜爱，但我可不想因为被人伤了心就撒手人寰。只有好好地活着，那个人才会知道自己曾经错过了什么，失去了什么。

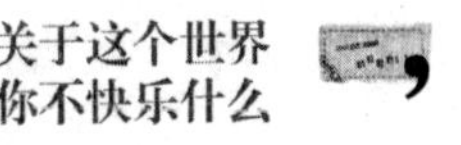

如果我们是在彼此最闪光的时候相遇，是好的，因为我们知道自己爱了一个值得爱的人，他／她有能力经营好自己的生活；如果我们是在彼此最狼狈的时候相遇，也是好的，因为我们知道自己爱了一个坚强的人，即使受挫，也可以相濡以沫。我只是希望在上帝安排给我的一切美好与挫折接踵而至的时候，我始终能足够宁静地来接受这一切。唯有安宁，才能认真地生活，唯有认真生活的女子，才会有人爱，才会有真爱。

04 不要迷失在无关紧要的错误里

张君雅

我之前干过一份实习工作，虽然是业内很有名的一家公司，不过是我从未涉足过的文化领域。刚开始的时候我非常非常害怕犯错，特别特别努力地去做好每一件事情，却还是对自己不满意。在面对一个完全陌生的东西时，我拼命地吸收营养却总是埋怨自己上手得太慢。活儿很多很重，加上路途遥远，压力又很大，那个时候我每天在下班回去的地铁上都会累得一句话都不想说。而那个时候我还要兼顾着繁重的学业，经常上午忙完一看已经到下午 1 点，饭也来不及吃就匆匆离开跑去赶下午两点的课。

就这样坚持了没多久，有个周五，快下班的时候，带我的那个姐姐突然说要找我谈话。我没多想就跟她去了旁边的小会议室，坐下来没多久那个姐姐就很开门见山地说我下个星期可以不用再过来了。当时的我突然就愣住了，不知做何反应，只得默默点头，办完手续，然后离职。

那件事情使我脆弱的自尊心受到了伤害，作为一个职场经验极其有限的学生，我固执地认为一定是自己哪里做错了，哪里不够好，才会导致这样的结

局。我不断不断地反省，不断不断地自我否定，我甚至都不好意思告诉好友实际情况。我把手机关机，不接电话，然后突然跑去天津，就算身份证没带也没关系，我唯一确定的是我要逃离。从天津回来之后我还是沉沦了好几天，我接到面试的电话居然开始舌头打战，我收到面试通过的消息居然因为害怕自己Hold不住而犹豫要不要放弃。

现在的我在一家Top 500的公司实习，不管我的工作受到再大的称赞，对于很久之前的那次经历，我始终无法彻底释怀。直到有一天在QQ上碰到之前公司的那个姐姐，姐姐很和善地打招呼问我现在的情况，我一一简单地跟她介绍。最后，姐姐主动提起之前那件事，她说当时那家公司正经历人事变动，她也在准备离职，因为情况很复杂，她怕我待在那边也不过是浪费时间才想着说早点儿放我走，还可以去做些别的事情。屏幕上的这两行字，我盯着看了很久。我纠结、自责了那样久，把自己弄得那样伤心失落，原来却不过是为了一个跟自己根本无关的原因。

我念书的时候喜欢过一个男孩子，那是一个吊儿郎当对什么都不在乎的男孩子。很小的时候父母就离了婚，父亲带着他背井离乡，去了离他母亲很远的一个城市。他一个人在那个城市长大，学会了抽烟、喝酒、打架，也学会了物理、化学、生物。他经常前一天还因为竞赛得奖而被广播表扬，后一天就因为聚众斗殴被通报批评。

起初的时候我们的生活并没有交集，直到有一次我们一起去外地比赛。比赛结束的那天晚上大家状态都很 High，不想过早回房睡觉，于是约着去饭店的露台上聊天。那天晚上我们絮絮叨叨地说了很多话，一直折腾到凌晨四五点眼皮打架到不行才磨蹭着回房间。那天晚上，我第一次尝试了啤酒这种神奇的东西。

从此之后，几乎每个晚上我们都在互道晚安的短信中入眠，在互道早安的短信中醒来。可惜这种日子并没有持续多久，我每天晚上很晚不睡煲电话粥、发短信的事情很快就被我妈知道了，我的手机被没收了，他就只好趁我妈不在的时候打电话到家里。之后的某一天，已经是晚上九点多的光景，家里的电话突然急促地响起来，他一般不会这个时候打来，但当时的我有种很强烈的直觉，是他。我装作若无其事地抢着去接，电话那头是他熟悉的声音，他说他正在我们家楼下，希望我能下去一趟。放下电话之后我的心一直怦怦直跳，却始终不敢出门，电话隔几分钟就响一次，直到最后我实在禁不住我妈的考问偷偷地把电话线给拔了，之后一夜无眠。

后来的后来，我才知道那天是他举家搬迁的前一天；后来的后来，我辗转很多人才打听到他多年后当了兵；后来的后来，我再也没见过他。他就那样突然消失了，以一种特别干净特别彻头彻尾的方式，以一种那个时候的我根本不能接受的方式。他消失之后的很长一段时间里我都一直埋怨自己，我变得越来越胆小越来越患得患失，我总是担心手里的东西握不紧，握紧的东西会失去。这种一个解释一句说明也没有的离开真的是对留下来的人最大的惩罚。

为了这些跟自己本无关的过错，我自责、内疚，然后迷失。在反反复复的自我反省中我错过了沿途好多好多的美丽风景。我不怪那些人，我只是暗自希望有一天再遇到他们的时候能够很骄傲地告诉他们，我已经能够非常清楚地分辨出自己的过错，不会再那样谨小慎微将什么事情都怪罪到自己头上，不会再那样为无谓的事情责怪自己，不会再那样迷失在跟自己无关的过错里。

05 两个人的不可能，不用说给现在听

李胜强

在微博上看到一句话，说到我的心坎：命运总是那么奇怪，总会让两个不可能在一起的人相遇。我不知道说这话的人是站在一段感情的开端、中间，还是末尾。

和阿娃在一起很放松，他专注地看球赛，我可以在一边放着音乐练瑜伽。有时候睁开眼睛，会发现他凝神注视着我，俏皮的微笑；他在搜资料、看新闻，我就枕着他的腿安静地看报纸，遇上看不懂的，偶尔会打断他问上两句；他会在我很懒的时候做 Spagethie 给我吃，我也会在比较闲的时候，小试牛刀给他做炸麻花，然后和朋友们一起分享；困得不行，我会在桌子上小趴一会儿，他也会学着调弱灯光，调小音量，然后到点叫我继续看书。我也会偶尔帮他收拾房间，整理衣橱。(实际上，他的房间比我的房间更整洁。)

值得庆幸的是，我从来都没让他介入我的生活。如果他现在离开，我的生活会和以前没有什么不同，或许多了更多看文学作品的时间吧。虽然我说不出现在我们在一起的意义是什么，我只是觉得，在我的身边应该有个人陪着我，

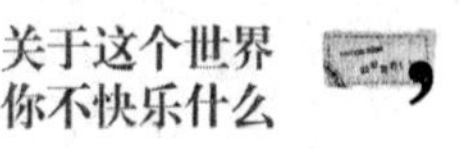

我看着他，会很安心。他在的时候，我会好好对他，如果他要离开，我也不会挽留。

我不知道我在多大的程度上影响到他，他会说："Ma petite，je sens que tu as change ma vie，c'est impossible.（亲爱的，你竟然改变了我的生活，怎么会这样）"当别人问起他我是谁的时候，他竟然会这样回答。刚开始"Pour moi，c'est une fille spéciale.（对于我来讲，这是个特别的女孩）"现在"Elle est la meilleure chose de ma vie.（她是我生命中最美好的）"但是在我面前，他从来不说这些，他只会说"Je ne sais pas ce quèst làmour.（我不知道爱情是什么）"每每，我也只是淡淡地说"Comme tu veux"，我也从来没有想过去介入他的生活，或许已经开始介入了。现在的思路有点儿乱，虽然我不该在这个时候去考虑以后我该怎么全身而退，但是我总是警醒着在自己的生活中演独角戏，处理所有的事情。这个是爱情的面目吗？可是现在，我却说服不了自己离开。有时会觉得是文化差异，可有时会觉得是He is not that into me. Let it be. 让生活更好的办法只有一个，那就是好好做自己，总会有那么一个人，喜欢上真实的你，不矫情，不强求。

是不是你也会遇上一个让自己犹豫不定的人？感觉明明有时候很强烈，却故意压抑着，还胡思乱想。思维方式不同，或者生活方式不同，就让种种的不可能占据大脑，潜意识透露着信号：我们是不是没戏。然后，给自己来个自嘲。

殊不知，不可能是不该说给“现在”听的，“享受好你现有的时光，至于未来，不做那么多的想象”。

对自己好一点儿，善待时光，善待每段时光中出现的人。

06 还有什么比健康更重要吗

曾恒

不要想，不要问，告诉自己，你现在最在乎是什么？从我们大部分的表现来看，以及现在人们的生活节奏反映，我们的思想已经框架化，似乎不由自己，买房、买车、结婚、生子是我们目前最迫切的愿望，好像生来就是为了这个奋斗，其他的都是浮云。不管最在乎什么，至少我们已经开始忽略了一个最重要的事儿——我们的身体状况和精神追求。

经常看到网上有说白领不堪重负，然后怎样怎样的。我们看着别人身上发生悲剧，似乎觉得离自己很远很远，仔细想想，在你心中事业是否已经超越了身体健康和快乐？

12 月 16 日因急性胃溃疡导致失血性休克而去世，她是一个年仅 23 岁的女生。12 月 4 日，她忍着胃痛甚至剧痛还在上班，15 日因未能请到假而继续上班，直至下午 4 时左右因实在坚持不住才去了医院，并被确诊为急性胃炎，第二天去世。她漂亮、可爱、开朗，长期加班、熬夜、每晚 9 时后吃晚餐，吃完就睡。

胃炎致人命似乎听起来有点儿夸张，生命就那么一次，平时怎么夸张地对待身体，身体必定会同比例地还给你，也许只是胃炎致死，我想，主要是平时不合理的生活长久积累造成的。

我想起一位在广州工厂打工的朋友，旺季来的时候经常是上班到半夜，转钟也是正常的，平时也没什么休息和娱乐的时间，基本是待在工厂里的。假期对于他们来说简直就是一种奢侈，放假也是出去买点儿生活用品什么的。

朋友家里很穷，所谓“穷人的孩子早当家”嘛，初中毕业就没再上学，哪怕是他想上学。我则和他相反，家里有的是钱供我读书，但是我讨厌读书，一路读来感觉特别累，似乎越学越傻。

后来，我这位朋友右手的大拇指没有了。加班真的是无奈，请假还得扣钱，他是这么说的。那次他感冒了，好像比较严重，但是老板对于请假扣钱比较厉害，所以忍着只是吃了感冒药继续撑着加班。大家知道的，在中国加班一般是被迫的，为了不扣钱，为了继续能够待在那里上班，带病上阵让他没了大拇指。不记得上次他说的那机器是干啥用的，那天吃了感冒药之后人特别晕，犯困得紧，一不小心就把指头割掉了，老板也就出了医药费，但是这件事情对于朋友未来的生活造成了很多的不便。

有些工作不能硬撑就别撑，人毕竟不是机器，该休息时就得休息，病了更得好好养病。生活应该是一种态度，有手有脚，有些事情我们应该敢于对老板说“不”字，我们所有的人都对老板妥协做透支健康的事情，搞得现在的老板似乎觉得加班不加薪是理所当然的。为了加薪、升职、功利，透支自己的精力，人生短暂，这样等同于践踏自己的健康，李敖说过一句话，“上帝管两头，我管中间”。中间都管不好，那拿什么去生活呢？生活的前提不是有多少钱，有句话说，最悲哀的事情是人死钱没来得及花。

社会的机器似乎进入了一个超负荷的运转年代，换句话说，这是一个短命的年代，手脚似乎被人施了咒语，恨不得一刻也停不下来。

我们在乎要赚多少钱，要干出多大事情才可以显示出自己有多厉害。如果一个人对事业的重视度超过了自己的健康和快乐，那么活着的本质就本末倒置了。活着不是为了受累，不是为了不断地透支自己，人生短暂啊。

反思下我们的生活状态，我总结了如今人们漠视健康的种种现象。

现在人爱美啊，特别是女人，胖了一点点，哎呀那不得了了，乱减肥，不科学地减肥，饿肚子，杂七杂八的减肥药什么的，减肥不是饿出来的，是适当吃出来和运动出来的。

熬夜，经常加班，这个不用多说。我这辈子是不会经常加班的，一个月一次还可以接受，多了不干，大不了不干就是了，还不成离开某人不能活了吧。

有病了不看，总是等着有时间再去，总是以为小病没事，总是到实在是坚持不住了才看医生。虽然说看病在中国难、贵，即使“一病回到解放前”，也得把革命的本钱给看好啊，否则拿什么去赚钱呢？拿什么去体验生活呢？

不关注精神和健康，只关注赚钱与否，人变成了机器，灵魂渐渐在与自己的躯壳分离。

教育的缺失，我们的学生基本没有“体育”这个概念，家长、老师也不重视这方面，关心的就是成绩分数，不和孩子谈心交流，不关心孩子的身体状况，总是事情发生才后悔我的孩子怎么会那样……

现在的老板应该人性化一点儿。工作量大，请假还扣工资，忍痛加班。我们怕被炒鱿鱼，我们怕……反正怕很多。

社会发展的速度太快了，大家都不肯慢下来，也不敢慢下来，就连现在的小孩子都快得不成样儿了，说什么赢在起跑线上，还搞什么提前出生。

我们在乎什么，真正在乎的健康却忘了。有这样一说法，我们一生中医药费的 99% 都是在死前一年挣扎抢救用了，而国外的人一生中 1% 的医药费都花在死前的抢救，大部分都花在了平时的检查和保养中。你知道保养自己的爱车，难道不知道保养自己的身体吗？难道车子比你身体还重要？

07 我想我已活到了一个尴尬的年龄

以前听说，人的长大是突然之间的事儿。我并不知道什么是所谓的长大、成熟，但是我突然清楚地意识到自己已不再年轻。昨天还以为自己的未来有很多无限的可能，像是还没有分裂的细胞，可以分裂成任意器官。今天就发现很多世界冠军都比自己年轻很多，那些大不了自己几岁的人已经坐上了现在自己还不敢想的位子。还在考虑着如何把前浪拍在沙滩上，突然发现自己已经被后浪拍在沙滩上。

在 25 岁这个年纪，每隔几步就是一个路口，很少有人知道该走哪一边，像是吃饭的时候要选人多的餐馆一样，很多人挤向本来就人满为患的路。偏偏前方的路口又很窄，千军万马去闯独木桥，想来世上已无阳关道。国企、事业单位这些香饽饽让意气风发的年轻人明争暗斗，为的不是什么理想、自我价值，只是稳定的一个月几千块的“皇粮”。干什么不重要，拿多少才重要。工资不重要，福利才是王道。话又说回来，这并不是我们的错，我们也是被诅咒的一代。

梦想。

好久没听人说过这个词，也很久没有见过这个词了。谁的心里没有梦想的种子？可偏偏这个时代使用这种文字的地方不是一块肥沃的土壤。在这片土地上，如何生长不重要，长成什么样不重要，唯一重要的是结了什么样的果实。每当我看到国外很多作家简介中有“哲学家”这个称谓时，我总是感到无比的同情：从事这个职业的人如何生存啊……在咱这个全球第二大经济体，干这行的人估计比省长还少，因为咱不需要哲学家。

太久没有看见身边的谁实现他的梦想，也太久没有听见谁实现了梦想，因为看看身边的人，都梦归梦想归想，该干吗还是干吗。所以我在想，到底有没有梦想这种东西呢？它会不会像小时候不盖好被子睡觉时妈妈说的会吃脚丫子的怪兽一样，只是童年时让我们按照某种方式成长的工具。长大后我们在课本上学到其实没有会吃脚丫子的怪兽，可是没有人告诉我们其实也没有什么梦想。

我听过很多人对我说，真希望你能实现自己的梦想，像是把最后的希望寄托给我一样。后来我看新闻听说有人打算开始环游世界，我内心非常希望他能走完。那一瞬间我才发现，原来藏在心底的那些很难实现的愿望总需要找个寄托。

如果单说梦想本身，那是一件十分美好的事物。俞敏洪说每条河流都有一个梦想，那就是奔向大海。多么令人向往啊！可以穿过森林，越过石头，飞跃瀑布，在这个国家甚至还有可能冲开大坝，然后流过良田……最后进入大海。我终于明白为什么如海子这样能写出“为每一棵树取一个温暖的名字”的诗人，如凡·高这样能画出最明亮的黄的画家，最后都选择结束自己的生命。

大海很遥远，但并没有遥不可及，只是我们的生命过于沉重。

房。

如果进行“中国最重的字”评选活动，“房”这个字应当是毫无悬念地胜出。如果说“不要迷恋哥，哥只是个传说”这样的话语是一种洒脱的话，那么“不要迷恋哥，哥没有房”一定是最黑色的幽默。记得两年前我刚毕业的时候，成天算着怎么才能买房子，可左算右算不吃不喝都得用 20 来年的时间。正当在这个梦魇中挣扎之际，一条手机报拯救了我，报上明确指出北京房价五环均价已经过万，而且今后只会涨不会跌。突然之间，世界一片光明，那是我到北京几年来天空最蓝的一天，空气最好的一天。因为我终于不用再痛苦，我清楚地知道自己不会搭上环游世界的钱去买一个厨房。

不买归不买，可难免会受到身边人的影响，尤其是未来可能成为丈母娘的广大中年妇女。当去年某专家抛出“丈母娘需求”是刚性需求的时候，我对于

丈母娘这个物种的普遍印象跌到了历史最低点，后来社会上的某个群体让我找到了阿Q的点，这个群体就是传说中的小三儿。我发现虽然丈母娘都要求有房子，但是基本都只要一套，而现在的情况是有一套房子就可以有一个女人。想到此，我心情开朗了许多。虽然我对女人商品化一直不能接受，但是至少这让我看到在社会主义市场经济的调节下，男性同胞们可以有更多选择。

如果我没记错的话，中国男女比例大概是110∶100，也就是说，按照理论每110个男人就有10个没有配对的女人可供选择。即便把那些有多套房的老总纳入考虑范围，还是会有一部分男人没有老婆的。简而言之，大龄单身汉的数量和有钱人的多余房子的数量成正比。

无论你是以一套房为目标，还是以多套房为目标，你都绕不开“房”这个字。每一滴水都背负着一块砖的重量，怎么还能激情地奔向大海？

城市，与梦想最相关的，应该是度过时间的方式，即生活方式。没有什么生活方式是一定正确的，每个人都责无旁贷地要去考虑并选择自己的生活方式。这个时候“城市”的选择就成了如今大多数北漂青年最纠结的话题。一线城市节奏快，刺激，机会多，牛人多，帅哥多，美女多，吃的多，玩儿的多……总之就是选择多。而现代社会有一个物质发展解决不了的社会问题，就是面对多元化选择的时候，人如何能够从选择中获得最大的幸福感和满足感。因为从经济学角度来说，选择多意味着机会成本大。简单而言就是，如果某天晚上有两个朋友约你，一个去逛街，一个去聊天，那么你的选择只会造成一个机会的丢失。可当某天晚上有 10 个朋友约你干不同的事的时候，你就会开始痛苦，每一个约会都有你想要的方面，这时候你得到的机会是 1，失去的机会是 9。而最痛苦莫过于恋爱的时候，其实每个人都会是真爱，问题是你俩有没有真正去爱。吃着碗里的看着锅里的是人类的本性，只不过不同的人有不同的骑驴找马的资本，不同的人有不同的骑驴不找马的淡定。

我一直向往小城市的生活。在这样一个城市有另一个我，可以每天下班陪家人吃饭，然后看看书、写写字，和朋友出去聚聚……不用挤地铁，不用每天花两个小时“在路上”。到底有什么东西是我放不下的呢？或许只是一个自命不凡的平凡人对自己不平凡的期望。每种价值观的背后一定都有某种哲学思想的倾向。

哲学。

很早的时候，刚开始接触哲学书籍时看到过一句话：“哲学是一场危险的旅行，在救赎之前有很长的迷失。”现在我懂了，因为我已迷失在各种观点之中。

正如也许你不知道弗洛伊德是谁，但是你一定知道“潜意识”这个词，你也许不知道柏拉图所描绘的世界是什么样，但是你一定或多或少受到他的影响。柏拉图是苏格拉底的学生，而苏格拉底就是那个成天在街上与人辩论，最后由于坚持自己的理念而被处死的那个智慧的人。他几乎没有留下任何著作，而他所有的哲学思想都是通过柏拉图写的对话来表达的。柏拉图认为世界存在原型，每个事物都有原型，而目前盛行的“柏拉图式爱情”毫无疑问是爱情原型的谬误，我甚至一度认为这种谬误和饭岛爱大姐的那本书有因果关系。

讨论哲学的是人更多关注的是人的本质，以及存在的意义，而每种观点都能够催生出截然不同的人和生活方式。可以说每种向往背后都被一种哲学取向左右，就算是没有看过任何哲学书籍的人。因为哲学不是一门科学，而是一门对于世界看法的学科，需要专门地学习，每个人都可以有意见。

中国的古代史是贯穿了儒、道、佛的历史，尤其儒家思想是整个民族思想上最深的烙印。如今，儒家思想在与成功学的对垒中屡屡挫败，三十而立指的不再是思想上有明确的方向，坚定而果敢，而是有房有车。一则研究表明，长时间在高强度、高压力的环境下工作会使人的性功能退化。如果继续本着以经济建设为中心的指导思想，那么“三十而立、四十不举”将成为最具幽默感的社会现象，那时候年轻小伙子将成为市场上的“抢手货”，但是目前看这篇文章的人都已经老了。

初中的时候我们只知道好好读书是为了上好高中，然后上好大学，然后找好工作，当毕业了才开始去思考：“什么是好工作？”当我们还不能理清思绪，就得被迫接受一个巨大的标准：收入。然后就有各种各样的广告，告诉你有钱的好处，然后你就一头扎进经济浪潮之中。生活理想、生活方式、自我价值通通抛在后面。不知道自己想要什么，不知道真正要追求的是什么，本着打哪儿指哪儿的态度蜗居在城市之中。

在国外思想家纷纷研究“中庸”的时候，我们自己对这种思想却一知半解，很多人甚至觉得中庸是一种消极退让的思想。相比古代，我们现在面临的抉择和冲击更多，如果说以前是多多益善，那么现在则是越多越乱。我一直挺佩服金庸的，因为他的武侠小说里有很多深刻的哲学思想。比如《天龙八部》里扫地僧对萧峰和慕容复老爹说，少林每一门绝学都有副作用，需要修相应的佛法才能化解。当你掌控的外在越多，想要保证没有负面作用，那么你内心就要相应地强大。所以说不怕人有钱，就怕有钱人没文化，没文化的人有更不受束缚的想象力，但却缺乏一定的道德感。中国很多有钱人造成的悲剧、闹剧正

源于此。

如果你是一滴水，你有一个奔向大海的梦想，那么你是想有一颗矛盾的心，还是一颗盲目的心呢？

恋爱。

这绝对是史上最能令人乐此不疲的话题。在十几岁的时候如果听到“最美的不是下雨天，是和你一起躲过雨的屋檐”，眼前一定会浮现某个面孔，然后内心激动得一塌糊涂。而到了我这个年纪时听到这句话，眼前浮现的只是一个模糊的样子，像是给每个过去分一个权重，然后取了加权平均后计算出的样子。前几天我在文化巷突逢倾盆大雨，雨暴躁地下了一个多小时，我就无奈地在屋檐下站了一个多小时。一开始是很烦躁的，后来慢慢地平静下来，最后甚至开始欣赏雨打在不同材质上的声音，欣赏雨划过每一种颜色的透亮。然后我突然明白，从来不曾有什么屋檐，最美的始终是下雨天。顺便说一下，对于方文山这种 30 来岁的老男人还能够写出如此单纯的句子，我感到十分开心，想想咱们人才济济的大陆居然“亲爱的你慢慢飞”都能响彻大街小巷，我顿时对台湾的社会氛围刮目相看。

前段时间流行一个签名：“我想早恋，可是已经晚了”。看到的时候，我和众多人一样付之一笑，之后我认真想过这句话。我们怀念的不是早恋，而是为了爱情冲破禁忌的激情和勇气。以前总是听说大学里的爱情有多单纯，当时不相信，毕业了才知道。当爱情被作为一件华丽的旗袍掩盖在种种利益之上，放在台面上讨价还价的时候，你才会知道单车后座上那紧贴背的拥抱是多么真实。我不否认，我羡慕甚至嫉妒那些从大学走过来的爱情。

当我们这个年纪的人进入准婚年龄，单纯的“爱情”却已被束之高阁。很多实际的问题浮出水面，我并不是排斥这些东西，可是似乎我们走得有点儿远了。参加过很多婚礼，每场婚礼上都会有誓词：“无论贫穷、疾病……我都愿意和你在一起。”可真正饱含泪水说出誓言的人并不多。陆川在参加完刘烨的婚礼时说，西式的婚礼和葬礼都能让人思考很多，关于生命、关于意义，而中式的就是图个热闹。当我们什么都想要，硬把西式婚礼加入仪式时，并没有看到人家精华的东西，而是照虎画猫地学了个形式。当誓言都只是一个过场时，我们还能把什么当真？

前几天去民政局开未婚证明，有一个窗口没人，我屁颠儿屁颠儿地跑过去办。那位大叔悠闲地看着报纸，但是又聚精会神，我叫了两声他才回过头来。我说：“师傅，我要开一个未婚证明。”他随口即问：“结婚了没？”我一时被问

傻了……要是结婚了，我开个P的未婚证明啊。然后他递给我一张单子说：“填好了隔壁办。”当我填好单子后，隔壁的女士很热情地招呼我：“小伙子过来这边办。”我还纳闷儿为啥服务态度这么好，她随即接着说：“他那儿难得今天清闲，让他休息一下吧，平时忙得不行。”我这才仔细看了他的窗口，有一个很显眼的牌子上写着“离婚手续办理”。我顿时就乐了，听说过结婚排不上号的，原来离婚也得排队啊，而与他一桌之隔的是“结婚手续办理”。临走时又看了一眼那位大叔，作为一个纳税人，能养这样一个闲人，也未尝不好。

虽然爱情是不分阶级的，但是我如今真有“Too poor to love”的感觉。我不排斥也不反对物质的享受，可是如果物质消费是为了填补内心缺乏的安全感、存在感、关注感，那你将把自己活生生变成一个黑洞。我一直很赞同孔子“素其位”的说法，“素富贵，行乎富贵”。前几天还和朋友说，有钱了也不能买宝马，会被当成为富不仁的暴发户。当然，我承认对于马啊、驴啊还处于意淫阶段。西方社会有宗教可以帮助人们解决，至少缓解内心和外界的冲突，他们富余的精神活动也并不是简单建立在高度发达的物质基础上。中国没有大范围的宗教信仰，所以解决内心与外界的关系是个很复杂的问题。早期蔡元培校长曾提出过“美育代替宗教”的救赎思想，如今考艺术的很多是为了成名，而有些则是肚子里没什么墨水，写不出什么字。记得有哲学家说过，爱情说穿了是一种信仰——相信，相信他／她是爱你的，相信你们终会在一起。而如今爱情更像是一场囚徒困境的博弈。

不过，倘若你敢牵我的手，我还是敢拉着你一直走到坟墓。

社会。

有些事情，明白了是很可怕的。比如对这个社会的理解，其实从古至今人性变化不大，在我有生之年也不会有重大转折。所以，我想是时候停止去独善其身了，一个国家没有书生照样发展。以前我相信文字、图片虽然不能改变世界，但是能改变人们对世界的看法。现在我不这么觉得了，人不经历刻骨铭心的痛就不会反思，欧洲悲剧的意义正在于此。而在这片土地上，有一个很有意思的现象。当某个社会事件独立出现时是一场悲剧，而一旦成风就成为了潜规则式的喜剧。前段时间老郭被封杀我就想，以前翻墙看到的都是悲剧，以后翻墙终于有可能看到喜剧了。

我们从小就学习很多规则，长大以后会发现，越是剑走偏锋越容易成事。规则就像是火锅里的菜，有的人一直告诉你菜好吃，但是他拼命夹肉。我也终于明白当初辞职时老板跟我说的那些束缚着我的东西究竟是什么。我们似乎处于一个无所谓突破道德底线，甚至游走在法律边缘也可以的社会。对于那位西

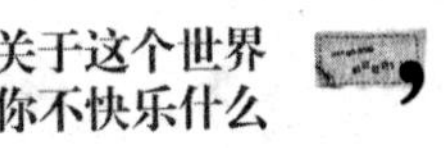

太平洋博士的“宽容”显示的并不是我们民族博大的胸怀，而是极度功利的态度。马云说，一旦你成功了，那你说什么都是对的。他是有智慧的，因为这句话是对这个社会现象较为和谐和华丽的形容。在此问题上韩寒是很识时务的，及时把自己的学历从高中改到了初中，大有大势难违之意。

一个愤青变得不愤青其实是一件很可怕的事情，因为他知道的太多了……

08 我们都是半杯水

丛扬洋

想谈谈自我价值。关于一个人如何看待自己，如何定义自己的价值。

在这个城市，总有那么一些人习惯否定自己，充满了挫败、抑郁。他们看不到自己的价值，这也不好，那也不好。然后羡慕着别人的好或者幻想着一种理想的状态。

我曾经是其中一个。在北京挣扎，找不到方向，找不到出路，更找不到价值。每月领着 2000 块的薪水，不敢随便请人吃饭甚至不敢轻易吃肉，更不敢去谈朋友。在理想面前，所有的现实生活都很奢侈。更可怕的是，没有阅历，没有能力，没有任何积累，而最让自己难以接受的则是性格懒散、不思进取、不够努力，许久来却没有一丝改变的迹象。要财没有，要才也没有，甚至连长相都没有，几年下来，依然在挣扎。然后就觉得自己一无是处，不知道活着这么痛苦有什么意义，然后用沉沦来安慰自己。只有在偶尔回到家的时候，和朋友谈论起在哪儿工作，北京。不知道是一种自豪感还是自卑感从心底升起。只有听朋友谈论起，你这儿不错那儿不错的时候，才开始半信半疑。只有当朋友

用羡慕的眼神列举出一大串优点的时候，才开始反思，为什么我要这么否定自己？

当我开始注意的时候，就发现很多人跟我一样，不断地去否定自己。

他们否定自己的理由跟我大致相同：年纪大了依然被剩，自己找不到对象觉得要孤独终老；无才无貌平凡到不被人注意，觉得这就是生活的悲剧；领着微薄的薪水，痛恨着自己没有能力；拼命坚持着却找不到方向，弄丢了理想，觉得再无出头之日；性格懒散，拖延成性，能力不济，毫不上进，觉得自己活该生活凄惨。总之，结局都一样，觉得自己毫无价值、一无是处，没有未来，没有伴侣，找不到活着的感觉也找不到生活的意义。

可是我又很好奇，既然自己这么差，一直都这么差，又是什么让你坚持活到了现在，还活得好好的？是不是真的因为自己太差，就这么否定了自己？很显然不是。和比尔·盖茨比，我们都太穷；和姚明比，我们都太矮。和玛丽莲·梦露比，我们身材真的太差；和周润发比，我们又有些丑……我们总能发现有人有地方比我们好，那是不是我们就要否定自己？

你说，他们都是名人，你并不奢望达到那个地步，你只是想有个正常的能力。可是你告诉我，界限在哪里？和吃不上饭的孩子比，你又太优越，和重病在床时的人比，你又太健康；和被大火毁容的女孩比，你又太美丽；和在工地上挥汗的伯伯比，你在办公室又太舒适……那么，这个正常或者比较的标准在哪里？

在这个世界上，总有些人的有些方面比我们优秀，让我们惭愧。我们想成为那样，却没有做到，然后挫败，最后否定自己。可是，你又是否知道他的痛苦？我们羡慕年轻有为的咨询师，却看不到他的成长历程中父母早年离异自己饱受沧桑，他只想像我们一样有个正常的家。我们羡慕那个有钱的孩子继承了父亲的遗产，可是他只想用所有的钱换回父亲的一年，羡慕我们父母虽穷但是依然健康。我们羡慕那个在单位叱咤风云的女领导，可是她年近四十依然踏不上红地毯，她羡慕我们活得平凡但家庭和睦。我们羡慕某个女孩有着魔鬼的身材，她却只想像我们一样平凡些不再被单位领导骚扰。由此可见，我们羡慕的很多人都在羡慕着我们。

听起来像是每个人都有优缺点，每个人都有好的一面和不好的一面。我们要做的仅仅是不要比较而已。我们不可能成为那个完美的人，在所有方面都是最优秀的。有些人在有些方面会比我们优秀，但是这些人同样羡慕我们的一些其他方面，羡慕我们习以为常、不以为然，他们却拥有不起的东西。

既然没有完美的人，那我们只要多看看自己的优点就好了，就容易感觉到自己的价值了。我们都是半杯水，看你看到的是空的部分，还是看到的是有的部分。我们拥有太多资源却被我们所忽略，以至于我们常常在挖掘自己的优点或价值的时候，却难以找到。

我们能在北京工作，却感觉不到价值。我们享受着办公室的空调，却感觉不到价值；我们健健康康的，却感觉不到价值；我们的父母曾好好爱我们，我们感觉不到价值；我们还能够在年轻的时候奋斗着，我们感觉不到价值；我们在北京租得起房子，我们感觉不到价值；我们能吃饱饭，我们感觉不到价值。

可是，当我们换一个环境的时候，又感觉两样了。当我们回到家，带着北京的特产给亲戚朋友，我们享受着那些羡慕在北京工作的眼光；当我们到孤儿院去救济献爱心的时候，我们又感恩着父母给的幸福；当我们和给家里装修的工人一起用餐的时候，又怀念起单位的空调温度；当我们去医院探视的时候，又庆幸着自己是健康的；当我们和刚失业的朋友聊天的时候，又为自己能领到2000块而沾沾自喜。

同样是那些让你感觉不好的东西，又会让你感觉很好。价值感是个很奇怪的东西，同样是我们拥有的特质，有时候会让我们感觉很好，有时候又让我们感觉很差，可是我们自己本身却没有变。那是不是环境变了，我们的价值感就变了，也就是环境控制了我们的价值感？

我们的价值到底建立在什么之上？

很多年前，当我还没有开始研习心理学的时候，我听说，幸福是由你的邻居决定的。当你拥有了你的邻居没有的东西的时候，你就会感觉到价值，感觉到幸福。好可悲的思想，我们自己的价值感居然要被环境控制。我们把价值建立在环境之上。

有时候，别人夸我们，说了我们很多好话，我们就觉得得意，喜笑颜开。别人说我们不好，说了我们的很多缺点，我们就觉得难过，认为自己哪儿都不好，又常常把价值建立在别人的评判之上。如果我们是公务员，有的人羡慕我们的工作，有的人则说我们安于现状。如果我们吃饭吃两盘肉，有的人说我们浪费，有的人则说我们爱自己。如果我们赚到很多钱，有的人说我们能干，有的人说我们精神匮乏。如果我们考试考了高分，有的人说我们学习好，有的人则说我们书呆子。我们听到不同话的时候，感受就不一样。

我们是否要将自己的价值建立在环境之上？那么当我们失去环境独处的时候，我们的价值感要从何而来？我们是不是要将价值感建立在他人之上？那么

当不同的人对我们有不同的评判时我们该怎么办?

我们身上的每样东西都是资源，只是看的角度不一样。有的人会因为胖而自卑，有的人则会称自己是“唐朝美人”，后者更容易招人喜欢。有的人会讨厌自己不善言辞、不善交际，有的人则欣赏自己的文静和羞涩，后者就懂得欣赏自己。有的人会痛恨自己太固执失去了太多机会，有的人则欣赏自己的坚持。

没有一样特质是好或者是坏，它只是我们身上的一样特质，只是我们用了褒贬的形容词来形容。但当我们把它还原，它依然只是我们拥有的特质。倔强其实就是坚持，讨好其实就是爱心，指责其实是力量。年近三旬是成熟美，长得太平凡则是安全，防御是因为保护自己。如果我们褪去了比较和评判，那只是我们身上的特质而已，无所谓好坏。

我们都是半杯水，没有人会是一满杯，有空的部分，也有有的部分。看到什么，那么就有什么。

09 寻找一种深刻的幸福感

沈奇岚

你的信和许多人不一样，你的信无关爱情，也和学业、事业没有具体的联系。你说，你想要聊一聊人生的处境。

你 25 岁，一切顺利。这一年未发生什么大事，未失业，未失恋，还健康，一切都按着轨道运转。真好，大多数人都这样生活吧，我想。想象中每日 9 点的上班号角响起，都市丛林里奋力奔跑的人群当中有一个是你。

可你说你有焦虑。你说你在重复着 22 岁毕业之后的生活状态，有点儿厌倦。曾经可以获得骄傲和满足的事情，现在再也不能让你获得激情，你说你用许多新的有形式感的东西来化解：变换新的发型，去从来没有去过的地方旅行，消费了许多梦寐以求的奢侈品，可每一次获得之后，满足感毫不长久，你仿佛面对更多的欲望、更深的空虚。你对自己失望，觉得自己变得不可爱，不淳朴，不那么有坚持。你想知道那“焦虑与抑郁背后隐藏着的最深刻的秘密”。

看到你的信，我有种感动。许多人任凭生活中的焦虑支配着自己，他们中有人用华美炫目、层出不穷的物质来满足自己，有人用奋力却盲目不停歇的工

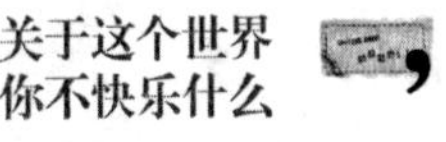

作来麻痹自己，有人在消极、被动的电玩或电视剧的娱乐消费中忘却自己。你却不，你觉得生活里有些不对劲，你在追问为什么。在这个凡事只求轻易得到不求意义的年代里，这种追问是难得的甚至是奢侈的。

可我相信这个追问会在每个人的人生中以这样或者那样的形式出现，或早或晚。

在我的人生中第一次知道这个追问是在一堂哲学课上，老先生在夏日的午后激情澎湃地说着一个叫作康德的哲学家向自己和人类提出的几个问题：“我可以知道什么？我应该做什么？我可以期望什么？还有，人是什么？”

我必须承认，那个下午的这些追问对我的意义不过是笔记本上的几行字而已，当这些追问仅仅以知识的形式出现的时候，对人的心灵是毫无作用的。只有当这些追问以生活的方式让我们直面的时候，我们才会从内心发出和康德一样的追问。尽管这显得十分不合时宜，可是寻找一种深刻的幸福感是每个具有心灵的人的本能。

你现在的生活不能给予你这种深刻的幸福感，于是你不满。你消除不满的方式是占有和消费，是对世界进行的某种征服。这种征服的效果是在欲望的伤口上撒糖，甜蜜但使得伤口更加恶化和扩大。每一种不满常常表现为某种渴求和欲望，它们需要被好好地和正确地理解。一如压力之下的暴饮暴食，或者发工资之后超常的购物热情，考试前拿着课本却一直一直看电视的越紧张越逃避的心理。不能好好理解自己的欲望的人，就只能任凭这种欲望支配着自己。他们乐此不疲，甚至上瘾，因为他们不了解自己的心、自己的处境、自己真正的需求。

这不能责怪你，我们的教育使得我们对待世界的方式历来都是简单甚至粗暴的，我们只会占有和消费。我们的目标历来明确：考试，得高分，考名校，找好工作。每一步都是目标明确，每个抵达目标的过程都是一场战争。我知道，外面的世界是只看结果的。可是你也因此遗忘了享受的过程，渐渐地变得只看重最后是不是达到效果。这可能是你不快乐的原因之一。

享受旅行、享受奢侈品是一件美好的事情，你对这些事情的结果太过看重，让你在享受的过程中始终在寻找一种额外的期待。当这种期待落空的时候，你获得的是更深的不满，享受简直就成为了对自己的惩罚。放下这种额外的期待是让这些享受还原为享受的唯一方法。和谈恋爱一样，你满怀期待地和一个心仪已久的男生一起约会，他一定会让你多多少少地失望，因为他肯定

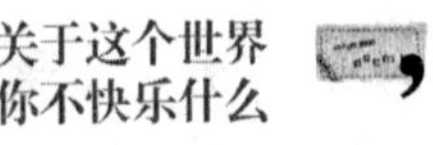

和你想的不一样。你现在对这些享受的厌倦，就像相恋5年的男友送你一束玫瑰，你的感觉和5年前最初收到玫瑰的时候肯定不一样。那些曾经带给你激情的事物换了一个心境和情境，多多少少会失效。这不是你的问题，而是人生本来如此。刻意的重复并不能带来预期的激情。只有好好分辨清楚自己当下真正的需求，才能让自己感到快乐。

有时候我还蛮羡慕那些懵懂的小孩子，他们的快乐那样简单。怀疑人生和感到虚无是成长的标志，我甚至觉得这可能是人生的常态。

有时候，我觉得童年的我们好像是生活在一个主题公园里。那里的规则清晰，始终有阳光普照，不缺三餐，不缺玩伴。什么问题好像都有很明确的答案，所以也不会有什么深刻的焦虑。每个游戏都有一个终点，就像读了初中会有初中毕业，读了高中会有高考毕业，考得好去读大学，考得不好读大专一样。大学毕业之后找工作，然后我们就突然身处在主题公园外面了。这个世界和主题公园不一样，它那样广阔寂寥，又拥挤不堪。

25岁的你，现在处在了从未经历过的迷雾里。你用你习惯的方式对待着周围的世界，但是这个世界给你的回应和你期待的不一样。你失落，你找不到方向。

在人生和世界的森林里迷茫，我想这是人生经常发生的一种常态。这种时刻你才会发现生活的诗意和多样性，你会停下脚步，观看周围，观察自己，问自己的内心："你到底想去哪里，你到底需要什么？"那些只听说某个前方有黄金矿藏然后一路狂奔不止的人，或许也有他们的快乐。可那些停下来感受自己的存在和仰望星空的时刻是那么珍贵。亲爱的你，正在这个时刻里。

你究竟要去哪里，由你自己决定。重要的是，你要给自己做的事情赋予意义，你要给自己选择北斗星。或许接下来你走的一路都会有迷雾，你要给自己选择的方向一个能够说服自己的理由。那必须是你自己认可的意义，你的内心要有自己的标准。

你要做自己喜欢的事情，而且必须明白，做自己喜欢做的事情不代表一路都顺利并且时刻有回报。我喜欢的一个建筑学家林缨曾说："我做一些事情，因为它们对我是重要的。"不存功利心地做那些对你重要的事，它们给你的回报远远胜过功利。

你要懂得区分与你有关的事情和与你无关的事情。25 岁的你经历的也已经很多，有趣的事物无穷无尽，除了好奇心之外，你要培养定力和判断力。我相信真正的交流和真正的创造让人获得深刻的幸福感。接下来的岁月里，保持好

奇心，不要放弃享受美好的事物，但是要集中精力和能量在富有创造性的事情上。

在字面上追寻人生和生活的意义是永远得不到答案的。只有用生活才能回答生活的问题。亲爱的，先不要急，不要急着给自己下“不可爱、不淳朴”这样的判断。你在进入一个新的状态，或许你不熟悉这个状态，但是不要用否定的方式去判断。

对当下的自己要温柔，不要苛待她。放下额外的期望，耐心地看她需要什么。温柔地对待自己，你会知道自己该去哪里。

只要你仰望，就会发现每片星空都很慷慨。那颗对你而言最明亮的启明星始终不曾被迷雾遮住。

我在一个夏日的晚上，去德国的Schoenburg，如果翻译成中文，就是“漂亮堡”。那里的晚上静谧无比，连深呼吸都怕会惊动别人。银河清晰可见，低得就像在城堡的屋顶，伸手就可以触碰到。星空深邃，美丽得让人着迷，让人痴痴凝望，不愿离去。星星越看越低，越看越多。

那时那刻我就想，宇宙真是如此美丽，没有任何事真的值得深深焦虑。

愿你在现时的迷雾中虽然迷茫但是可以安心、耐心，愿你以后回眸现在的时光可以微笑也可以遗忘。

享受当时当下每一刻，迷惘的时刻也可以有诗意。

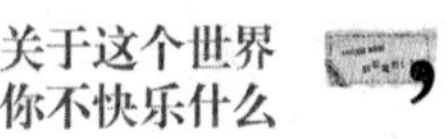

10 其实，我们都很富有

庄远

时入初秋，夹杂着夏末的最后一丝闷热，多少让人烦躁。睡眼蒙眬地把一头乱发扎起，背着超重的笔记本，迈着还算轻快的脚步穿梭在夜色、人海中。

突然看见一部崭新的 X6 和一部出租车不小心擦过，没有留下显眼的刮痕，想必车主道个歉就能解决的一件小事。车窗被摇下，打扮时髦、一身名牌的姑娘破口大骂，蛮不讲理地让不堪入耳的话语字字从口中蹦出。

在上海，这样的争吵每天不计其数，人们早已习以为常。每每看到这种闹剧，总是觉得很可悲，X6、LV、PRADA，有的再多再豪华，依旧掩盖不了那颗斑驳贫穷的心。对，那种人，我一直认为，很穷，也很可悲，简称可悲的穷人。

儿时常常简单地认为，所谓财富，就是那些所谓的财富。念书的时候却发现，一字一句的人世道理成为了你内心的财富。现在觉得，其实我们每个人都是世界上独一无二的大富翁。

怎么？你不相信？那让我们拿出纸笔，好好计算一下。

如果你是“赖床控”，今天却比昨天早起了10分钟，自控财富上升；如果你是“拖延狂”，今天却按时完成了所有的工作，时间财富上升；如果你是外语困难者，今天却比昨天多听懂5%的BBC，语言财富上升；如果你是“吐槽狂”，今天却比昨天少吐槽一件事，满足财富上升；如果你被逼忙于工作，却仍然学到自认为有用的知识，工作财富上升；如果你抗拒运动，今天却比昨天多游了一圈，体能财富上升；如果你努力减肥，这周却比上周轻了0.5千克，成就财富上升；如果你是个“吃货”，今天却“挖”到了好吃的蛋糕或者有趣的小店，美食财富上升；如果你有三五知己，有一两个知心朋友，朋友财富大增；如果你有慈爱的父母，有友爱兄弟姐妹，家庭财富大增；如果你有喜爱的工作，有知识可学，阅历财富大增。

只要你认真计算，看看纸上密密麻麻的数据，你是不是发觉，其实自己还真的是一个小富翁呢？

有的人会说，其实上面的那些我都没有，其实我还是很穷……来，试着伸出双手，好好抱抱自己。

问问自己：是不是还相信明天会有阳光？是不是还相信会有人爱你？自己是不是真的一无所有？是不是还有一颗善良的心？是不是还有能力让自己变得

更好？是不是还相信这才是真正的你自己？

前几天看到一个老友写的微博：

“用手指紧紧握进手心，却发现空无一物，原来我一无所有。”当时我很想回复他：“抱抱自己，因为你还有自己。”

其实，你自己，你的心，你的温暖，你的善良，是你最大最大的财富。我们正在经历的生活，即将面对的生活，就像奥特曼打小怪兽。

当你打倒一匹小怪兽，就点头称赞自己一下；当你被打趴下，别忘记你还可以自己跑回奥特曼的 M78 星球充电；当你半死不活，你的咸蛋超人兄弟姐妹会来给你加油；当你打倒很多很多小怪兽，遇到 boss 后，你发现，诶？其实我也挺强的嘛。

你的挫折，你的努力，你身边的人，你过去的点滴，你的泪水，你遇见的人，都化为可贵的力量，成就你无可比拟的财富。

亲爱的，蹲下来，看看周围是不是有很多散落的小硬币，一枚枚捡起来，然后抬头微笑，继续往前走，前面还有好多好多在等着你。

一颗温暖的心，一份纯真和善良，一个真实的自己，一双慢慢向前的双脚。

如果你相信自己，相信明天依旧会有阳光。对，那就是你自己，你的心，你的灵魂，你最大的财富。

其实，我们都很富有，都是世界上独一无二的大富翁，只要你还有你温暖而坚定的内心。

11 请别在天真的笑里刻画苍老

落落安

有没有人会和我一样，明明有想要说的话却不知道跟谁说；有没有人会和我一样，明明想要躲避却越发勇敢；有没有人和我一样，面对选择的时候会有恐惧症；有没有人和我一样，在任何一件事情上都容易患得患失。

小心翼翼地看着每个人的脸色，想在角落安静地过活，却发现自己身上已经带了那样的分子，即使想躲避却躲不开，于是能选择的只是勇敢和周旋。是，想要用周旋换得信任、理解，却只得到无奈和迷惘。连看书的时候都已经无法安稳，连带说话的时候都不知道什么是对什么是错。好像变成能轻易被伤害的小兽，随时随刻都惊觉身边有危险，却总不知道藏匿在哪个角落。

我所过的生活不是我所想要的生活，却是别人可能会羡慕的生活，在别人的眼里好像我现在所拥有的这一切都可以用“顺风顺水”这个词轻易概括。可他们大概不知道我做过多少次无谓的挣扎，对，是挣扎之后才发现原来是无谓的。所以，开始接受，接受每一次的伤害，接受每一次的猜忌，接受每一次的考验，接受每一次的试探。偶尔在看《未央沉浮》的时候，总会笑着安慰自己说：“幸而不是身在汉宫，幸而无须感同身受，这些岂不是我所拥有的也是别人羡慕的呢？”

毕业离开校园不过才两三月而已，好像苍老是一瞬间的，没有停顿的。然而，之于从前的校园生活，我想做的不过是写这篇文章告诉象牙塔里的你们，生活远比你想象中的要艰难，而现在在你身边的那些笑靥如花的女生抑或是那些视游戏为生命的男生，将可能是你以后人生触摸不到的美好。即使她（他）可能昨天没帮你带烧烤，即使她（他）考试时没帮你作弊，即使她（他）下楼打水的时候没喊上你一起，但是请你相信，你的一生也许再难遇见这样的一群人，跟你住在一起，彼此了解对方的习性，并且能在闹过矛盾的第二天迅速跟你和好。

毕业之后才知道，原来只有学生才喜欢把喜怒哀乐都摆在脸上，原来只有学生才敢光明正大地莫名讨厌一个人，原来只有学生才会因为看不顺眼不跟别人讲话，原来只有学生才能有什么说什么。而曾经是学生的我们，在毕业之后，面对每次责难和不理解甚至是为难之后，变得想要隐藏自己的真心，变得想要用僵硬的笑容为自己着上保护色。

毕业之前一直觉得，书这种东西不是要等到需要读的时候再去读的嘛，但毕业之后，你原本定好的节奏会被加班、工作、压力以及生活的琐碎一次又一次地打乱。时常在想，好像言辞是随着年龄在衰老的，慢慢地，那些青春年岁

离散的日光将会变成照片一角的剪影。而生活的重心慢慢偏移了上层建筑的轨道，开始因3个月一交的房租，每月必须支出的水、电费而逐渐倾斜到经济基础。我们当中的很多人厌恶这样的生活却置身在其中，并且为着一种未知的执著，而拥有着这种莫名的勇气。

有两三年的时间，我没再写诗，于是奢望自己的笔下还能书写出那些香樟树下，青涩女生对于未来的迷惘。只可惜时光已经渐渐蹉跎了那个喜欢咬着笔杆的女孩，而她亦再也没有了那10年的青葱时光与岁月。

熟悉的、陌生的你们，唯愿你们珍惜余下不多的学生时光，好好想想自己以后的路，多去图书馆坐坐，多去食堂吃吃饭，在你们的人生中这也许是你们最后一次以一个学生的身份在世界的某个角落生活，而明日也许你们会变成另一个“我”，常常惴惴不安、不知所措的“我”。

希望明天的情绪会好些，希望自己能做自己愿意做、喜欢做的事情，希望不再被胁迫、被勉强，希望成长别再在天真的笑里刻画苍老。

12 成长，没你想象的那么急迫

网一

20 多岁，你迷茫又着急。你想要房子，你想要汽车，你想要旅行，你想要享受生活。

你那么年轻，却窥视着整个世界，你那么浮躁，却想要看透生活。

你不断催促自己赶快成长，却沉不下心来安静地读一篇文章；你一次次吹响前进的号角，却总是倒在离出发不远的地方。成长，真有你想象的那样迫切吗？

有人说，你想成为什么样的人，就到那样的人身边去。并不是每个人都有这样的幸运，但这句话不只关乎职业生涯，也关乎生活智慧。

人们容易放大眼前的痛苦或成就，跟年长开明的前辈交流，他们一望便知你正经历怎样的阶段，现在绊倒你的不过是一颗螺丝钉，你愁肠百转看不穿的或许是他们也曾有过的迷茫。

在 18 岁到 23 岁那段时间，我很没出息地爱翻阅名人履历。每知晓一个自己佩服而又羡慕、嫉妒、恨的人，便去搜寻他的经历——几岁硕士毕业？何时读完博士？多大年龄开始在职业领域崭露头角？何时达到今日的成就？

年龄，年龄，年龄，那是一种对时间的焦虑。张爱玲的一句“出名要趁早”，不知害了多少人。

一个刚刚告别机械、枯燥的高中生活，对世界和生活的认识刚起步的年轻人，他想要什么？他想要优异的成绩、在同学中的声望、漂亮的女朋友，他还想要毕业后找到令人羡慕的工作，尽快赚钱、成名、成功。

但“想要什么”不应只关乎世俗的职业、功名，它应该切合更深层次的命题，人本身的挣扎和探索，即——我是谁？

我是说，剥离掉一切外界赋予你的定位和枷锁，隔离开所有父母长辈试图左右你、干涉你的声音，忘掉全部大众传媒、明星名流以及出版物曾灌输给你的价值观，你又是谁？你躯壳之内那个怦怦乱跳、嗡嗡作响的他、她、它是谁？

20 岁出头的年纪，不知道自己想要什么，不仅不是灾难，反而可能是一件幸事。

但你一定朦胧地知道自己是谁，对什么事感兴趣吧？如果连这都不知道，那真的是灾难了。

无论对什么事感兴趣，都一点点做起来吧。无论多少声音试图扭转你，说你热爱、着迷的这件事情，没钱途、没前途、没发展、没出息，都请悠悠地对他说：“这是我的人生。”

不为什么，因为热爱。千金难买热爱。

好不容易生在一个可以自由选择的时代，却还想让别人指导你该怎么活。

当真连自己喜欢做什么，该如何活都不知道吗？想赢怕输罢了。该做些什么，走什么样的路，难道不是循着内心的声音一步步摸索、试探出来的吗？走岔了，就退回来；走得急，就缓一些。时不时停下来想想，望一望，琢磨琢磨，再继续走。

怎么可能不栽跟头呢？怎么可能诸事顺利呢？怎么可能有条一马平川叫作“成功”的路供你走呢？不多尝试几个怎知自己跟什么样的人处得来呢？同理，不多尝试一些怎知自己喜欢什么，不适合什么呢？

正如陈丹青老师给贾樟柯的书写序时说的：“我们都得一步一步救自己，我靠的是一笔一笔地画画儿，贾樟柯靠的是一寸一寸的胶片。”

2012 年可能是我有生以来最不顺利的一年，屡遭挫败，计划被搁浅。回头望望它，再踮起脚尖往 2013 年瞅一瞅，我还是想慢吞吞地说，我们都要死很久，活那么急干吗？慢慢来。

所有的成长和伟大，“如同中药和老汤，都是一个时辰一个时辰熬出来的”。

图书在版编目（CIP）数据

关于这个世界，你不快乐什么 / 张佳玮，十二著．－武汉：武汉大学出版社，2013.6 （2019.9重印）
ISBN 978-7-307-10582-9

Ⅰ.关… Ⅱ.①张… ②十… Ⅲ.随笔—作品集—中国—当代 Ⅳ.I267.1

中国版本图书馆 CIP 数据核字 (2013) 第 044506 号

责任编辑：陈 凤　　责任校对：赵 琳　　版式设计：吕 伟

出版：**武汉大学出版社**　（430072　武昌　珞珈山）
发行：**武汉大学出版社北京图书策划中心**
印刷：天津兴湘印务有限公司
开本：880×1300　1/32　印张：8　字数：170 千字
版次：2019 年 9 月第 1 版第 2 次印刷
ISBN 978-7-307-10582-9/I·692　定价：46.00 元